내 손끝의 탑스타

내 손끝의 탑스타 5

박콜 장편소설

초판 1쇄 찍은 날 § 2018년 2월 8일
초판 1쇄 펴낸 날 § 2018년 2월 15일

지은이 § 박콜
펴낸이 § 서경석

총괄팀장 § 최하나
편집책임 § 신보라
편집 § 이지연
디자인 § 신현아

펴낸곳 § 도서출판 청어람
등록번호 § 제387-1999-000006호
등록일자 § 1999. 5. 31
어람번호 § 제1-2845호

주소 § 경기도 부천시 부일로 483번길 40 서경B/D 3F (우) 14640
전화 § 032-656-4452 팩스 § 032-656-4453
http://www.chungeoram.com
E-mail § chungeorambook@daum.net

ⓒ 박콜, 2017

ISBN 979-11-04-91642-7 04810
ISBN 979-11-04-91513-0 (세트)

박골 장편소설

FUSION FANTASTIC STORY

내 손끝의 탑스타

5

도서출판
청어람

Contents

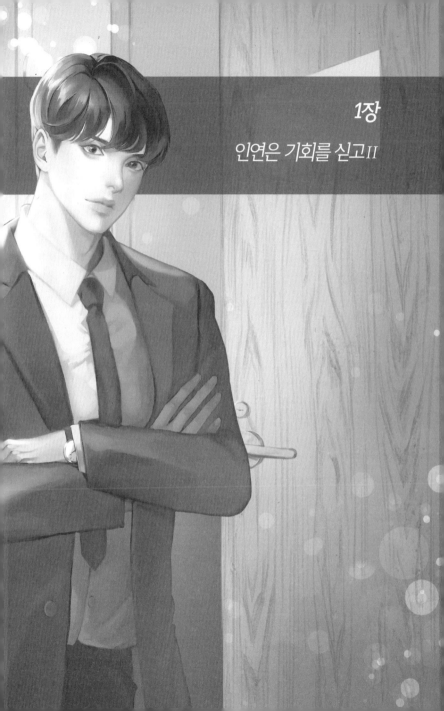

1장

인연은 기회를 싣고 II

파주 영어 마을에 설치된 특설 무대에서 '프로듀스 아이돌 121'은 마지막 생방송 공연을 앞두고 있었다. 7회 차 생방송에서 최고 시청률 21%를 돌파한 만큼 이곳을 찾아온 관객만 수천 명에 달했다.

특설 무대 아래쪽은 그야말로 전쟁터였다. 데뷔 멤버들에게 제작진이 몇 명씩이나 붙어 있었다. 관계자들을 헤치고 현우가 제작진을 찾았다.

"대표님, 여깁니다!"

무대 점검을 하고 있던 메인 피디 이승훈이 현우를 향해 소리쳤다. 현우와 손태명이 다스케 쿠로와 토모다 케이다를 이끌고 제작진에게 합류했다.

"승훈 피디님, 잠시 할 말이 있습니다. 케이다 피디님께서 오늘 생방송 무대를 카메라에 담고 싶다고 하십니다."

주변이 소란스러워 현우는 본론부터 꺼냈다.

"그래요? 그럼 추가 촬영인 거죠?"

박수호의 통역을 전해 들은 토모다 케이다가 고개를 끄덕였다.

"예, 맞습니다. 생방송 공연 무대를 추가로 촬영하고 싶습니다. 추가 촬영 분량은 방송에 10분 정도 나갈 겁니다. 괜찮으시겠습니까?"

"물론이죠! 좋습니다!"

이승훈이 대번에 승낙했다. 이진이 작가를 비롯한 제작진도 후지 TV의 추가 촬영을 반겼다. '프로듀스 아이돌 121'이 일본 전역에 홍보가 되는 셈이다.

후지 TV 쪽의 스태프들이 하나둘 나타나 무대 쪽에 카메라를 설치하거나 자리를 잡았다. 그 모습을 보며 이진이가 현우에게 말했다.

"어울림 덕분에 우리 프아돌이 후지 TV에 소개가 다 되네요. 감사해요, 현우 씨."

"하하, 아닙니다. 제작진 여러분이 수고하신 덕분이죠."

현우가 빙그레 웃으며 말했다.

생방송 무대가 시작되기 30분 전, 현우는 대기실을 찾았다. 김은정이 분주하게 아이들의 의상과 메이크업을 점검하고 있었다. 멤버가 13명이나 되다 보니 김은정 말고도 다른 기획사의 코디도 여럿 보였다.

"은정아, 얼마나 걸려?"

"다 했어요! 이제 마무리 단계예요! 현우 오빠, 애들 어때요? 괜찮아요?"

김은정이 이솔의 앞머리를 만지며 물었다. 현우는 천천히 아이들을 살펴보았다. 김은정과 송지유가 개량한 견장을 얹은 교복 무대의상에 볼터치가 가미된 발랄한 메이크업까지 모든 것이 완벽했다.

"최고야."

"헤헤, 그렇죠?"

현우는 김은정에게 엄지를 척 들어 보였다.

준비를 마친 데뷔 멤버들이 무대 아래에서 대기했다. 코인 엔터의 백동원 팀장과 플래시즈 엔터의 이기혁 실장 등이 아이들의 긴장을 풀어주기 위해 부단히 노력을 했다.

현우가 다스케 쿠로와 함께 다시 모습을 드러냈다.

"김현우 대표님!"

서아라가 가장 먼저 현우를 반겼다. 현우가 픽 웃었다.

"조금 전에 대기실에서 봤는데 뭐가 그리도 반가워, 아라야?"

"대표님은 늘 반가워요."

"그래? 고맙네. 그건 그렇고, 이쪽은 다스케 쿠로 씨야. 솔이랑 수정이 같은 아이들은 잘 알지만 너희들은 쿠로 씨를 처음 보는 거지?"

벌써 반갑게 인사하고 있는 고양이 소녀들과 달리 다른 아이들은 일본에서 온 유명 인사를 보며 긴장하고 있었다.

"안녕하세요. 다스케 쿠로입니다. 저는 여러분의 팬입니다. 오늘 마지막 무대, 긴장하지 마시고 힘내기를 바랍니다."

다스케 쿠로가 한국말로 또박또박 멤버들을 응원했다.

"안녕하세요! 전유지입니다!"

"양시시입니다! 중국 상해에서 왔어요!"

전유지와 양시시같이 붙임성이 좋은 멤버들이 먼저 다스케 쿠로에게 인사를 건넸다. 박수호가 옆에서 통역을 하며 다른 멤버들을 소개해 주었다.

"생방 10분 전입니다!"

무대 아래 모니터로 관객석을 가득 메우고 있는 팬들의 모습이 보였다.

오늘 10회 차 생방송 공연을 통해 데뷔 멤버 13명이 처음으로 선을 보이게 된다. 정식 데뷔 앨범이 나오기 전까지는 이번이 사실상 마지막 무대이자 첫 쇼케이스나 마찬가지였다.

오늘 공연에서 어떤 모습을 보여주느냐에 따라 대중들이 갖는 기대치가 달라진다. 어린 소녀들이었지만 대중들이 가지고 있는 기대치를 모를 리가 없다. 데뷔 멤버들은 긴장 대신 굳게 각오한 표정을 하고 있었다.

'성장했구나.'

고양이 소녀들도 그렇고 다른 멤버들도 처음 녹화 때와는 다르게 정신적으로 크게 성숙해져 있었다.

'좀 더 동기 부여를 해볼까?'

현우가 씩 웃으며 입을 열었다.

"오늘 생방송 무대를 찍기 위해 후지 TV 제작진이 나와 있어. 너희들의 무대가 어쩌면 일본 전역에 방송으로 나갈 수도 있다는 말이지."

멤버들이 깜짝 놀랐다. 현우가 빙그레 웃었다.

"이번 무대는 잠재적인 일본 팬들을 확보할 수도 있는 좋은 기회야. 무슨 말인지 알겠니?"

"네!"

멤버들이 파이팅 넘치게 한목소리로 대답했다.

"솔아."

마지막으로 현우는 이솔을 불러 세웠다. 무대로 향하려던 이솔이 고개를 돌렸다. 지금껏 가면을 쓰고 무대로 오른 이솔이다. 하지만 저번 7회 차 생방송 무대 이후로 이솔은 가면을 쓰지 않고 있었다.

"괜찮겠어?"

조심스레 현우가 물었다. 잠시 생각하던 이슬이 고개를 끄덕거렸다.

"대표님이 보고 계시니까 괜찮아요. 저희 무대, 꼭 보고 계셔야 해요?"

"당연하지. 여기서 딱 보고 있을 거야."

"네. 그럼 다녀올게요."

밝은 미소와 함께 이슬이 무대 위로 올라갔다.

*   *   *

여의도 쪽 어느 일식집.

말끔하게 정장을 차려입은 현우가 직원의 안내를 받아 다다미방으로 들어갔다. 문을 열고 들어가자 이승훈 피디와 머리가 희끗한 중년의 사내가 현우를 반겼다.

"자네가 그 유명한 김현우 대표구만? 그렇지?"

"예, 국장님. 여기 이분이 어울림 엔터테인먼트의 김현우 대표님이십니다."

"김현우입니다. 처음 뵙겠습니다, 국장님."

고개를 숙여 인사한 뒤 현우는 정중하게 명함을 건넸다. 명함을 살펴보더니 조성만이 허허 웃었다.

"자네 부친은 건강히 잘 계시고?"

"저희 아버지를 아십니까?"

"알다마다. 일단 앉지."

세 사람이 자리에 앉았다. 직원들이 요리들을 내왔다.

"오래전 신입 피디였을 때 조그만 가요 프로 하나를 맡았어. 그때 자네 아버지는 젊은 매니저였지. 프로가 1년이 좀 안 되어서 사라졌는데 그래도 꽤 같이 시간을 보낸 셈이야."

"그러셨군요."

"그렇지. 이거 감회가 새롭군. 어울림이라는 이름이 박힌 명함을 세월이 흘러 그 아들에게 받게 될 줄이야. 남훈 그 친구는 잘 있나?"

조성만은 남훈까지 기억하고 있었다. 현우가 빙그레 웃었다.

"여전하십니다. 밤무대를 그 누구보다도 사랑하는 두 분이시죠."

"하하, 그럴 줄 알았어. 돌아가거든 안부나 전해주게. 술 한 잔하자고 선해줘."

"알겠습니다."

"일단 좀 먹고 이야기하지."

조성만이 먼저 젓가락을 들었다. 그리고 식사가 시작되었다. 방송이나 연예계 쪽과는 전혀 관련 없는 이야기들이 오고 갔다. 식사가 끝나고 직원들이 차를 내왔다.

차를 한 모금 마신 조성만이 본론을 꺼내 들었다.

"자네, 소식 들었나?"

"소식이라 말씀하시면……?"

머릿속으로 많은 정보가 오고 갔지만 딱히 답을 찾을 수는 없었다. 조성만이 껄껄 웃더니 말했다.

"후지 TV와 프로듀스 아이돌 121을 놓고 지금 한창 의견 조율 중이네."

"그럼?"

"그렇다네. 목요일 심야 시간대에 우리 프로를 편성하고 싶다고 하더군."

"축하드립니다. 축하해요, 승훈 씨."

"감사합니다. 다 현우 대표님 덕분입니다."

이승훈이 환하게 웃으며 공을 현우에게 돌렸다.

"자네 덕분이지. 자네가 다 한 거나 마찬가지야. 겸손은 사양하겠네."

조성만이 미리 말을 잘랐다.

'프로듀스 아이돌 121'이 종영된 지도 거의 한 달이 다 되어가고 있었다. 프아돌의 마지막 10회 차 생방송은 26%라는 오디션 프로 역사상 가장 높은 시청률을 기록했다. 또한 데뷔 멤버의 생방송 공연도 역대급이라 불리며 아직까지도 WE

TUBE 조회 수가 오르고 있었다.

무엇보다도 '쿠로의 골든 스페셜'이 일본은 물론 한국에서도 큰 화제가 되고 있었다.

다스케 쿠로가 자신의 근황을 알리며 고양이 소녀들과 프아돌을 대대적으로 일본에 소개했기 때문이다. 거기다 요즘 한창 인기를 끌고 있는 만담 듀오 겐겐즈까지 팬 인증을 하면서 일본 대중들이 관심을 갖기 시작했다.

그리고 이를 감지한 후지 TV 쪽에서 '프로듀스 아이돌 121'의 수입을 결정한 것이다.

한류가 절정을 맞고 있는 이 시기에 뭐 그리 대단한 일이냐고도 할 수 있겠지만, 일본에 예능 프로그램이 포맷이 아닌 원본 그대로 수출이 되는 것은 역대 최초의 일이었다.

그리고 그 중심에는 어울림 엔터테인먼트가 존재하고 있었다.

"사장님께서 자네에게 금일봉이라도 주라고 농담까지 하시더군. 정말 우리 MBS 입장에서는 자네와 어울림이 복덩이일세. 연말에 기대하게나. 혹시 알아, 공로상이라도 받을지?"

"공로상을 받기에는 제가 아직 너무 젊습니다. 말씀만으로도 감사합니다, 국장님."

담담한 표정으로 대답했지만 현우는 속으로는 쾌재를 부르고 있었다. 혹시나 공로상을 받을까 그러는 것이 아니다.

'쿠로의 골든 스페셜'이 2주 전 방송에 나가면서 고양이 소녀들과 데뷔 멤버에 대한 일본 내 관심이 치솟고 있었다. 이런 상황에서 후지 TV가 '프로듀스 아이돌 121'의 수입을 결정했다.

일본 진출을 위해서는 대대적인 프로모션을 펼쳐야 하고, 또 그에 따른 지출도 어마어마했다.

하지만 국내 활동도 시작하지 않은 지금 일본에서 '프로듀스 아이돌 121'이 방송된다? 어쩌면 대대적인 프로모션보다 더 큰 효과를 불러올 수도 있겠다는 생각이 들었다. 현우와 어울림 입장에서는 연달아 큰 행운이 찾아온 것이나 마찬가지였다.

'그래도 조심하자. 원래 나쁜 일은 좋은 일이 찾아올 때 같이 온다고 했으니까.'

호사다마라는 말이 떠올라 현우는 설레발을 최대한 자제하기로 했다.

"자네 덕분에 직장인들이 간만에 고급 일식도 먹고 호강했어."

"저도 맛있게 먹었습니다."

"젊은 친구가 싹싹하고 아주 좋군. 한 가지 물어볼 것이 있는데, 데뷔 멤버들 앨범 작업은 언제 들어가나?"

"내일부터 본격적으로 앨범 작업에 들어갈 것 같습니다, 국장님."

"그렇군. 그… 하나만 더 물어보지. 송지유 양 앨범은 언제 나오는가?"

일급 기밀을 묻는 것과 같은 분위기였다. 현우는 웃음을 흘리며 애매하게 대답했다.

"곧 앨범이 완성될 겁니다."

*　　　　*　　　　*

낡은 승용차가 어울림 건너편 공터 주차장으로 들어섰다.

"영진아, 더운데 뭐 하고 있어? 어제 세차했잖아?"

최영진이 이번에 구입한 신형 밴과 승합차 스프린터를 세차하고 있었다. 땀을 뻘뻘 흘리던 최영진이 현우를 발견하곤 수건으로 땀을 닦았다.

"그냥 보기만 해도 좋아서요, 현우 형님."

"그렇게 좋냐?"

"당연하죠. 디온 뮤직에 있을 때는 구형 밴도 여기저기 수리해 가면서 겨우 끌고 다녔거든요. 근데 이 녀석들은 정말 멋있어요. 특히 이놈이요."

최영진이 15인승 벤츠 스프린터를 가리키며 자랑스러운 얼굴을 했다. 그러다 현우 뒤편으로 보이는 낡은 승용차를 살펴보곤 고개를 갸웃했다.

"형님 차인가요?"

"아, 저거? 아버지 차야. 그렇지 않아도 오늘 저녁에 아버지 밴 한 대 계약하러 갈 건데, 같이 갈래?"

"네, 같이 가요, 형님. 그리고 이참에 형님도 차 한 대 계약하세요."

"나? 나는 저 녀석이 있잖아."

현우가 신형 초록색 밴 봉식이를 가리켰다.

"아뇨. 밴 말고 개인 차량 말씀드리는 거예요. 형님은 대표시잖아요. 저희 어울림 엔터테인먼트를 대표하시는 분인데 그에 맞는 차를 끌고 다니셔야죠. 밴은 좀 그렇습니다. 기름값도 많이 나가고 따로 스케줄 잡히면 태명이 형님이 밴 끌고 다니실 일도 잦을 테고요."

"그렇긴 하네. 일단 이따가 같이 가보자. 그리고 내일 미팅 잡혀 있는 거 알지? 저 녀석, 운전 잘할 수 있겠어?"

"그럼요. 시운전도 몇 번이나 해봤는데요."

"그래, 그럼 먼저 들어가 있을게. 그리고 세차 적당히 해라. 얼굴 탄다."

"네, 형님."

최영진이 활짝 웃으며 다시 세차를 시작했다.

현우는 2층 녹음실부터 찾았다. 송지유가 녹음실 안에서 골똘히 생각에 잠겨 있었다.

똑똑.

방음유리를 두드렸는데도 송지유는 알아차리지 못했다.

그 모습을 현우는 빤히 쳐다보았다. 연필을 들고 고민하고 있는 모습이 꽤나 귀여워 보였다.

'지유도 고생은 고생이네.'

지난달부터 앨범 작업이 시작되었고, 가장 고생을 하고 있는 건 송지유 본인이었다. 사실 고생이라고 말할 수도 없었다.

앨범 작업과 동시에 송지유는 장성률과 김동철, 최현으로부터 작사와 작곡 등 음악에 대한 전반적인 지식을 배우고 있었다. 프로듀서인 최현이 가장 먼저 송지유의 재능을 알아보았고, 송지유는 세 싱어송라이터의 음악적 지식을 솜처럼 빨아들이고 있었다.

음악을 사랑하는 사람들이라면 누구나 부러워할 만한 일들이 한 달 사이 벌어지고 있는 것이다.

이번 앨범을 통해 송지유가 음악적으로 얼마만큼 성장할 것인지 현우 역시 큰 기대가 되었다.

그런 의미에서 혹시나 방해가 될까 현우는 조용히 송지유를 쳐다만 보았다. 얼마나 시간이 흘렀을까. 골똘히 생각에 잠겨 있던 송지유가 연필로 무언가를 써 내려갔다. 그러다 현우와 눈이 마주쳤다. 서로 뭐라 말을 했는데 도무지 들리지가 않았다.

한숨을 푹 내쉬며 송지유가 핸드폰을 꺼내 들었다.

코코넛 톡.

[송지유: 거기서 뭐 해요?]

[김현우: 그냥 너 방해될까 싶어서 보고 있었지. ㅎㅎ]

[송지유: 몰래 보고 있지 말고 들어와요. 물어볼 거 있어요.]

평소의 성격답게 코코넛 톡 대화체도 궁서체였다. 익숙했지만 픽 웃으며 현우가 녹음실 안으로 들어갔다.

"물어볼 게 뭔데? 조금 이따가 성률이 형님이랑 동철이 형님 오시잖아."

"선생님들 보기 전에 오빠한테 먼저 물어보고 싶었어요. 한번 볼래요?"

송지유가 자신만의 작사 노트를 건넸다. 비어 있던 부분이 송지유가 써 내려간 가사로 채워져 있었다.

"너 결국 해냈구나?"

현우가 환하게 웃었다. 어머니가 편지 형식으로 남겨놓은 가사였다. 지금까지 송지유는 섣불리 가사를 쓰지 못하고 있었다. 어머니가 그때 그 당시 어떠한 감정으로 가사를 써 내려갔는지를 알 수 없었기 때문이다.

그런데 송지유가 드디어 가사를 썼다. 곡이 완성에 가까워
진 것이다.

그 밤, 그날의 편지를 당신은 기억하나요?
난 아직도 그날의 그 밤을 기억합니다
모든 것들은 추억 너머로 사라졌지만,
멈춰 버린 빗소리
바스라진 낙엽들
가로등 아래 그대 흔적들
말없이 떠나던 그대 뒷모습
그 밤, 그날의 편지를 꺼내 봐요

"……"

표면적으로 보면 어머니가 남겨놓은 1절 가사와 다른 것이
거의 없어 보였다. 하지만 단어들이 바뀌어 있었다. 그리고 바
뀐 단어가 주는 감정이 묘했다. 1절이 추억에 젖어 사랑하는
사람을 떠올리는 가사라면 송지유가 쓴 2절 가사는 원망에
대한 감정이 짙게 느껴졌다.

"엄마가 어떤 감정이었을지 정말 많이 고민했어요. 그러다
만약 나였다면 어땠을까 생각했는데 이렇게 가사가 써졌어요."

"……"

오늘도 묻고 싶은 것이 많았다. 가사 속 원망의 대상이 누구인지를 현우는 어렴풋이나마 알 수 있었기 때문이다.

"이상할까요?"

현우가 고개를 저었다.

"전혀 이상하지 않아. 지유 너의 감정을 충실히 표현한 것뿐이잖아. 하늘에 계시는 어머님도 같은 감정이지 않으셨을까 생각해."

"……."

송지유가 잠시 말이 없었다.

드르륵.

핸드폰이 울렸다. 김성민 감독이었다. 거의 한 달 만의 연락이다.

"김성민 감독님인데? 지유야, 수고했어. 이제 곧 선생님들 오시니까 잠시 쉬고 있어."

현우가 녹음실 부스 문을 열었다. 그때 현우의 등에다 대고 송지유가 무어라 조용히 속삭였다.

"예, 감독님. 전화 받았습니다. 아, 잠시만요. 뭐라고, 지유야?"

"아니에요. 통화하고 와요."

"오케이. 쉬고 있어."

현우가 녹음실을 나섰다. 그런 현우의 뒷모습을 바라보며 송지유가 작게 한숨을 내쉬었다.

*　　　　*　　　　*

―현우 씨, 오늘 시간 있습니까?

"오늘요?"

―충무로 쪽으로 잠깐 와주셨으면 합니다. 부탁드리겠습니다.

가끔 메시지로만 안부를 주고받을 뿐 김성민 감독은 여러모로 친해지기가 어려운 사람이었다. 영화적 결벽증만큼이나 남에게 신세 지는 것을 끔찍이도 싫어하는 성격이기 때문이다.

그런데 그런 그가 갑자기 전화까지 해서 현우에게 부탁한다고 말했다.

마침 손태명이 3층 사무실로 올라왔다.

"현우야, 내일 콘셉트 회의 관련 자료들 모아 왔는데, 일단 네가 검토 좀 해야 할 것 같다."

잠시 핸드폰을 내렸다.

"태명아, 나 급히 충무로 좀 다녀와야 할 것 같은데?"

"충무로? 지금? 내일 미팅 준비는?"

"금방 다녀올게. 김성민 감독님한테 연락 왔어. 한번 보자고 부탁하시는데?"

"그래?"

저번 광고 촬영 건을 통해 손태명도 김성민 감독에 대해 제법 잘 알고 있었다.

"알았어. 다녀와라."

"오케이. 고맙다. 그럼 영진이도 데리고 갈게."

"영진이도?"

"그게… 왠지 술 한잔할 것 같은 분위기야. 그리고 같이 차도 보러 갈 겸 해서. 아무튼 다녀올게. 지유 잘 챙겨줘."

그렇게 말하고 현우는 최영진과 함께 충무로로 차를 몰았다.

충무로 연탄 고기. 허름한 간판에 대충 상호가 휘갈겨져 있다.

드르륵.

문을 열고 들어가자 연탄불과 어우러진 고기 향이 후각을 자극했다. 드럼통으로 된 테이블에 김성민 감독이 앉아 고기를 굽고 있다.

'일행이 있었네.'

얼핏 봐도 영화인으로 보이는 사람들이 테이블 여기저기에 앉아 있었다. 뒤늦게 현우를 발견한 김성민 감독이 벌떡 자리에서 일어났다.

"현우 씨, 미처 못 봤네요. 이렇게 와주셔서 정말 고맙습니다."

곳곳에 앉아 있던 사람들도 현우에게 인사를 해왔다.

"이번에 같이 작품 들어갈 제 후배들입니다. 그리고 이쪽은 창성 영화사 대표 박창준 선배입니다."

"박창준입니다. 조그맣게 영화사 하나를 하고 있습니다."

"김현우입니다. 만나 뵙게 되어 반갑습니다."

현우는 박창준을 빠르게 살펴보았다. 영화사 대표치고는 옷차림도 후줄근하고 어딘가 삶에 찌들어 보였다. 김성민 감독의 후배들 역시 마찬가지였다.

"앉으세요, 현우 씨."

김성민의 옆자리에 앉아 현우는 잔부터 받았다. 박창준이 소주병을 들었다. 송지유가 광고 모델을 하고 있는 오늘처럼이었다. 잔을 채워주며 박창준이 넌지시 말을 꺼냈다.

"저기… 송지유 씨도 같이 오셨으면 좋았을 텐데요. 아쉽습니다."

"형, 지유 씨가 여길 왜 와?"

김성민이 타박하자 박창준이 머리를 긁적이며 사람 좋은 웃음을 흘렸다.

"바쁘실 텐데 와주셔서 고맙습니다. 우리 영화와 어울림을 위해 건배!"

김성민을 따라 후배들이 복창했다.

'우리 영화라고?'

소주잔을 입으로 가져가며 현우는 눈을 빛냈다.

"감독님, 혹시 영화 들어가시는 겁니까?"

"네, 맞습니다."

"축하드립니다, 감독님!"

"아닙니다. 상업 영화라서 현우 씨 같은 팬들한테 부끄럽기만 한데요."

상업 영화라는 말에 현우의 눈동자가 더욱 빛났다.

"감독님이시라면 상업 영화도 훌륭하게 만들 겁니다. 근데 장르가 뭡니까?"

"음, 트리트먼트를 아예 보여 드릴까?"

"그래, 형."

김성민의 허락을 받은 박창준이 가방에서 주섬주섬 파일 하나를 꺼내었다. 기획안부터 시작해 영화에 관한 모든 것을 정리해 놓은 트리트먼트라 그런지 제법 두께가 있었다.

현우는 진지한 얼굴로 겉표지부터 살폈다. 제목은 '그와 그녀의 흔한 첫사랑'으로 김성민 감독의 입봉작인 '첫사랑 노트'의 후속 이야기였다. 그리고 현우가 과거로 돌아오기 전 몇 번이나 본 명작이기도 했다.

'드디어 이 영화를 찍게 되는구나.'

현우는 내심 반가웠다. 광고를 촬영할 때 송지유의 콘셉트가 바로 이 영화 속 여주인공 미주와 흡사했다. 김성민 감독의 첫 상업 영화인 이 멜로 영화는 500만 명이라는 대기록을 세우며 크게 흥행하게 된다.

"첫사랑 노트의 후속편이라고 봐야겠는데요?"

"그렇습니다. 첫사랑과 헤어진 김정훈이 대학교 새내기가 되면서 겪는 사랑 이야기를 그려보고 싶었습니다."

현우는 꼼꼼하게 트리트먼트를 살펴보았다. 결벽증으로 유명한 작가주의 감독답게 영화의 시작부터 끝까지 모든 것이 꼼꼼하게 계획되어 있었다.

영화의 시대적 배경은 1990년대 초반이었다. 1990년대는 X세대라 불리는 젊은 세대들이 문화와 경제, 사회의 전면에 부각된 시기였다.

"투자는 받으신 겁니까?"

현우는 혹시나 싶어 한번 물어보았다.

"창준이 형이 도와준 덕분에 투자를 받았습니다."

"그래요?"

현우가 박창준을 쳐다보았다.

"CV E&M에서 30억 투자를 약속했습니다. 제가 따낸 거죠. 하하!"

박창준이 무용담을 늘어놓듯 자랑스레 말했다.

'다행이네.'

현우는 마음을 놓았다.

"저, 현우 씨, 할 말이 있습니다."

김성민이 어색하고 미안한 얼굴을 하고 있었다.

"편하게 말씀하세요, 감독님."

"사실 그게… 부탁입니다."

"괜찮습니다. 감독님이 아니었으면 광고 건도 쉽게 해결하지 못했을 겁니다. 도와주신 만큼 저도 도움을 드려야죠."

김성민이 시원하게 소주잔을 비웠다.

"지유 씨가 이번 우리 영화의 OST를 불러주었으면 합니다."

"OST요?"

현우는 잠시 생각에 잠겼다. 정규 앨범 작업으로 바쁘기는 하지만 어울림과 송지유의 입장에서는 제법 괜찮은 제안이었다.

"좋습니다. 감독님 부탁인데 도움을 드려야죠."

"지유 씨는 괜찮을까요?"

"감독님 첫 상업 영화라면 지유도 좋아할 겁니다."

"고맙습니다, 현우 씨."

김성민을 시작으로 여기저기에서 감사하다는 인사가 쏟아졌다. 현우는 소주잔을 비운 다음 먼저 자리에서 일어났다.

"저는 이만 가봐야 할 것 같습니다. 내일 중요한 미팅이 잡혀 있거든요. 계산은 제가 하겠습니다."

"괜찮습니다! 현우 씨, 정말 괜찮아요!"

김성민이 현우를 만류했지만 소용이 없었다. 현우는 테이블마다 넉넉하게 술과 고기를 주문한 후 직접 계산을 하고 밖으로 나섰다.

길 건너 공용 주차장으로 가자 낡은 승용차가 보였다.

"오래 기다렸지?"

"아뇨. 생각보다 금방 나오셨는데요? 한잔 더 하지 그러셨어요."

"영진이 네가 기다리는데 그러면 되겠어? 일단 더 늦기 전에 출발하자."

강남에 도착한 현우는 신형 밴을 구입한 전시장을 다시 찾았다. 딜러들이 송지유부터 찾는 진풍경이 벌어졌다. 어쨌든 현우는 아버지를 위해 추가로 밴 한 대를 더 리스 했다.

전시장을 나와 최영진의 인도 아래 현우는 또 다른 외제차 매장을 찾았다.

"이 차가 형님이랑 잘 어울리는 것 같은데요?"

현우가 최영진과 상의 끝에 찾아온 이곳은 레인지로버 매장이었다. 하얀색이 잘 어울리는 디스커버리 모델이 현우와 최영진 앞에 굳건히 자리를 잡고 있었다.

한참을 살펴보던 현우는 갑자기 송지유가 생각나 사진까지 찍어서 보냈다.

[김현우: 이 차 어때? 저번에 네가 괜찮다며? ㅎㅎ]

[송지유: 네, 마음에 들어요. 그걸로 사요.]

[김현우: 이걸로 사라고?]

[송지유: 네, 사요.]

간단명료한 대답에 현우는 피식 웃었다. 어차피 이 차를 사도 가장 많이 타고 다닐 사람이 바로 송지유였다. 현우도 마음에 들었고 송지유도 마음에 든다 하니 더 고를 것도 없었다.

"영진아, 이걸로 계약하자."

"예. 잘 생각하셨어요."

어째 최영진이 현우보다 더 좋아했다.

*　　　　*　　　　*

'프로듀스 아이돌 121' 제작진과 각 기획사의 관계자들, 그리고 이번 데뷔 멤버의 앨범 작업에 참여하는 작곡가들과 안무가들이 어울림 3층 사무실로 하나둘 모습을 나타냈다.

이번 회의의 주체가 제작진이 아닌 어울림 엔터테인먼트인 만큼 현우는 만반의 준비를 갖춰놓은 상태였다.

사람들이 모두 도착하고 본격적으로 회의가 시작되었다. 현우가 자리에서 일어나 좌중을 둘러보며 입을 열었다.

"누추하지만 저희 회사를 찾아와 주셔서 정말 감사합니다. 한 달 정도 지났나요? 시간이 참 빠르게 가긴 하네요. 먼저 우리 피디님께서 한 말씀 하신다고 합니다."

이승훈이 앞으로 걸어 나왔다. 그리고 현우와 눈빛을 주고받더니 밝은 표정으로 입을 열었다.

"여러분에게 알려 드릴 좋은 소식이 하나 있습니다."

이승훈이 무슨 말을 할까 사람들은 기대감에 차 있었다. 잠시 뜸을 들이던 이승훈이 마침내 말을 꺼냈다.

"우리 프아돌이 후지 TV에 정식으로 수출될 것 같습니다. 오늘 오전에 후지 TV로부터 최종 연락이 왔습니다."

여기저기에서 환호성과 함께 박수가 쏟아졌다. 서로 껴안거나 하이파이브를 주고받으며 난리도 아니었다.

"승훈 피디님 말씀대로 다음 주부터 후지 TV에서 우리 프이돌이 방영될 겁니다. 수요일과 목요일 밤 12시에 주 2회로 방송이 나갈 겁니다. 그리고 저희 어울림 엔터테인먼트는 일본에서의 방송이 끝나는 시기에 맞춰 아이들을 데뷔시킬 예정입니다."

기획사 관계자들이 고개를 끄덕였다. 시기적으로도 전략적으로도 일본에서의 방송이 끝나는 시점에 정식 데뷔를 하는 것이 훨씬 이점이 많았다.

대략 한 달 정도밖에 시간이 없었지만 이미 프아돌을 통해 호흡을 맞추고 훈련을 받은 아이들이다. 콘셉트와 곡만 나오면 되었기에 시간은 충분했다.

스크린으로 PPT 자료가 펼쳐졌다. '옆집 소녀들'이라는 단어가 덩그러니 나타났다.

"저희 어울림이 잡은 데뷔 멤버의 콘셉트는 바로 옆집 소녀들입니다."

"옆집 소녀들이라면 너무 평범하지 않겠습니까?"

파인애플 뮤직의 이진원 팀장이 손을 들며 현우에게 물었다. 지금까지 걸 그룹의 콘셉트는 크게 걸리쉬와 걸크러쉬, 그리고 요즘 한창 인기를 끌고 있는 걸즈힙합 이 세 가지로 꼽을 수 있었다.

그런데 옆집 소녀 콘셉트이라니. 이진원뿐만 아니라 플래시즈 엔터의 이기혁 실장도 곤란하다는 표정을 짓고 있었다.

기획사 관계자들의 우려에도 현우는 빙그레 웃었다. 이윽고 화면이 바뀌며 의상과 헤어스타일 등 다양한 자료가 떠올랐다.

의상을 살펴보던 스타일리스트들이 고개를 갸웃했다. 보통 걸 그룹 하면 앨범이나 콘셉트에 따라서 의상을 특수 제작 하곤 했다. 교복을 베이스로 한 의상이 대부분이었는데 PPT 화면에는 전혀 다른 의상이 수없이 떠올라 있었다.

"은정아."

현우가 김은정을 불렀다. 자리에 앉아 있던 김은정이 쪼르르 달려 나왔다.

"기, 김은정입니다! 어울림에서 스타일리스트로 일하고 있습니다!"

이제 겨우 스무 살밖에 되지 않은 김은정의 등장에 잔뼈가 굵은 스타일리스트들이 얼굴을 찌푸렸다. 하지만 김은정은 주눅 들지 않았다.

"직접 보시는 게 좋을 것 같아서 제가 준비를 좀 해봤어요! 잠시만요!"

김은정이 어디론가 전화를 걸었다. 그러자 3층 계단을 통해 이솔이 나타났다. 이솔이 현우와 김은정의 앞으로 섰다.

"귀엽네."

"괜찮은데? 확실히?"

스타일리스트들이 가장 먼저 호감을 보였다. 현우도 천천히 이솔을 살펴보았다. 스트리트 패션을 기반으로 한 옷들이었는데 레트로 색채와 복고풍이 기가 막히게 섞여 있었다.

멜빵이 달린 청 핫팬츠에 위에는 소매만 빨간색인 흰색 라운드 티셔츠를 입고 있었고, 발에는 앙증맞은 모양의 워커를 신고 있었다.

헤어스타일과 메이크업도 특이했다.

양 볼에 자그마한 복숭아처럼 볼터치를 찍어놓았다. 또 왼쪽 눈 아래로는 큐빅 보석을 초승달 모양으로 붙여놓은 상태였다. 그리고 한쪽만 살짝 휘어진 앞머리에 사과 머리라 불리는 헤어스타일을 하고 있었다.

"또 있어요!"

김은정의 말이 떨어지기 무섭게 배하나가 나타났다.

이솔의 전체적인 콘셉트가 깜찍하고 귀여운 미소녀라면 배하나는 느낌이 전혀 달랐다.

하체에 딱 달라붙어 골반을 강조해 주는 스키니 핫팬츠에 위로는 배꼽이 드러나는 분홍색 민소매 크롭 티를 코디했다. 자칫 선정적으로 보일 수도 있었지만 하얀색 캔버스화가 소녀다운 느낌을 주고 있었다.

화장도 나이에 맞게 연했다. 그리고 웨이브를 준 헤어스타일이 우아한 느낌마저 들게 했다.

"괘, 괜찮나요?"

김은정이 조심스레 물었다. 플래시즈 엔터 소속의 스타일리스트 한 명이 손을 들었다.

"은정 씨, 저 스타일들, 어디서 참고한 거예요?"

"아, 제가 평소에 저렇게 막 섞어서 입고 다니는 걸 좋아하거든요."

"정말이에요?"

스타일리스트는 도무지 믿을 수 없다는 얼굴을 하고 있었다. 무대의상보다는 평상복 느낌이 날 거라고 예상한 다른 기획사의 스타일리스트들도 입을 다물었다. 여러 가지 스타일을 절묘하게 조합한 덕분에 무대의상보다 더 무대의상 같은 느낌이 들었다.

그리고 마지막으로 김은정이 기본 무대의상을 소개했다. PPT로 데뷔 멤버들의 사진이 떠올랐다. 교복 스타일의 무대의상들이었다.

"오!"

사람들이 자기도 모르게 감탄사를 내뱉었다. 13명의 멤버들이 입고 있는 교복은 모양도 색깔도 전부 제각각이었다.

귀여운 느낌이 드는 멤버들의 교복은 대체적으로 귀여운 느낌을 살렸고, 배하나와 이지수, 유은같이 성숙한 느낌이 드는 멤버들은 그 느낌을 최대한 살리고 있었다.

"저 교복들은 아이들이 학교 다닐 때 입고 다니는 진짜 교복들이거든요. 그리고 아이들 체형이랑 특징에 맞춰서 수선도 다 했어요."

김은정의 설명 그대로였다. 이솔의 교복 리본에는 고양이 가면 모양의 문양이 그려져 있었다. 그리고 일진 논란이 있던 이지수는 한쪽 눈에 안대를 하고 있었다. 스물한 살로 연장

자인 유은은 한쪽 팔에 선도부들이나 할 법한 선도부 마크를 달고 있었다.

다른 멤버들도 다 한 가지씩 자신을 상징하는 시그니처를 가지고 있었다.

김은정을 보는 시선이 달라져 있었다. 그저 송지유의 단짝 친구 겸 알바생인 줄 알았는데 보통내기가 아니었다.

"처음 보여 드린 스트리트 패션 스타일의 무대의상을 주로 선보일 생각입니다. 하지만 상황에 따라서 두 가지 콘셉트 모두 활용해 활동할 계획입니다."

현우는 잠시 호흡을 골랐다. 그리고 다시 입을 열었다.

"원점으로 돌아와 저희 어울림이 데뷔 멤버들의 콘셉트를 옆집 소녀들로 잡은 이유를 자세하게 말씀드리겠습니다. 프아돌을 통해 우리 아이들은 지금 엄청난 사랑을 받고 있습니다. 그 이유가 뭘까요? 예뻐서? 춤을 잘 춰서? 노래를 잘해서? 네, 이 모든 것이 다 이유가 될 수 있습니다. 하지만 가장 근본적인 이유는 대중들이 국민 프로듀서라는 지위를 가지고 자신들이 직접 투표를 통해 아이들을 뽑았기 때문입니다. 옆집 소녀라는 콘셉트는 추상적인 표현입니다. 옆집 소녀라고 해서 진짜 옆집 소녀들처럼 활동을 할 수는 없지 않습니까?"

현우의 말에 몇몇 관계자들이 웃음을 흘렸다.

"옆집 소녀들처럼 친숙하고 친근하게 팬과 대중들에게 다가

간다. 이게 저희 어울림이 생각하고 있는 콘셉트라고 할 수 있습니다. 혹시 다른 의견 있으십니까?"

만장일치였다. 김은정의 활약 속에 콘셉트 회의가 순조롭게 끝났다.

이제 남은 건 데뷔곡을 정하는 것뿐이다. 데뷔곡은 오승석과 블루마운틴, 제이슨 리, 유지오, 최정민 같은 작곡가들이 곡을 만드는 것으로 정해졌다.

이명훈은 건강을 핑계로 이번 앨범 작업에서 빠졌는데, 현우와 오승석은 그의 빈자리를 보며 그저 웃기만 했다.

그런데 데뷔곡과 관련해 한 가지 작은 문제가 남아 있었다.

7회 차 생방송에서 선보인 '소녀는 무대 위에'의 인기가 좀처럼 가라앉지 않고 있었다. 국내 팬은 물론 일본 팬들도 타이틀곡으로 '소녀는 무대 위에'를 선택해야 한다며 입을 모으고 있었다. 일반 대중들의 반응도 별반 다르지 않았다.

"그렇다고 해서 이미 공개된 곡을 타이틀곡으로 할 수는 없습니다, 대표님."

플래시즈 엔터의 이기혁 실장이 말했다. 그리고 그의 말은 틀린 말이 아니었다. 잠시 생각하던 현우가 묘수를 생각해 내었다.

"그럼 더블 타이틀곡은 어떻겠습니까?"

현우의 제안에 이기혁 실장은 물론 다른 사람들도 얼굴이 환해졌다.

"새로운 타이틀곡을 중심으로 활동을 하되 소녀는 무대 위에도 대중들에게 주기적으로 보여 드리는 겁니다."

"그렇다면 저도 찬성입니다."

이기혁 실장이 말했다.

*　　　*　　　*

장시간에 걸친 회의가 끝나고 회식은 어울림의 단골 삼겹살 가게에서 이루어졌다. 야외 공터에 테이블이 쫙 깔려 있었다. 가을밤의 공기는 시원하고 서늘했다.

'프로듀스 아이돌 121'을 촬영하며 제작진과 함께 고생한지라 다들 허물없이 편하게 술자리를 즐겼다.

"한잔 받으세요, 대표님."

"감사히 받겠습니다, 실장님."

이기혁이 현우의 잔을 채워주었다. 어쩌다 보니 기획사 관계자들끼리 같은 테이블에 앉아서 술을 마시게 되었다.

"대표님, 아라 말입니다. 저희 플래시즈에서 요즘 특별 관리하라고 지령이 떨어졌습니다."

"하하, 플래시즈도 저희 파인애플이랑 똑같네요. 우리 차보미도 요즘 공주 대접을 받고 있어요. 사장님도 보미 어떻게 될까 홍삼까지 챙겨주던데요?"

이기혁과 이진원이 서로를 보며 하하 웃었다. 현우도 두 사람을 보며 조용히 웃었다. 그러다 백동원이 술잔을 들고 현우에게 묻기 시작했다.

"지유 씨는 앨범 언제 나옵니까, 대표님?"

백동원의 질문에 취기가 올라와 있던 기획사 관계자들이 일제히 현우를 쳐다보았다. 다들 쉬쉬하고 있을 뿐이지 가요계는 지금 송지유가 언제 후속 앨범을 들고 컴백할지가 초미의 관심사였다.

장르를 전향한다는 충격적인 발언도 있을뿐더러 혹시 모를 경쟁을 피해야 했기 때문이다.

"음, 비밀입니다."

다들 아쉬움의 탄식을 토해내었다. 현우가 빙그레 웃었다.

"대신 여러분께는 앨범 나올 때쯤 힌트를 드리겠습니다."

그렇게 말하고 현우는 핸드폰을 확인했다.

"음?"

"왜? 누군데?"

손태명이 물었다. 현우는 핸드폰을 슥 보여주었다. 김성민 감독 이름으로 부재중 전화가 와 있었다.

"무슨 일이시지?"

"OST 관련해 전화하신 거 같은데, 금방 전화하고 올게."

삼겹살 가게 앞으로 나와보니 옆 슈퍼 평상에서 송지유가 고양이 소녀들과 함께 아이스크림을 먹고 있었다.

현우를 발견한 배하나가 얼른 아이스크림을 뒤로 숨겼다. 현우가 피식 웃으며 송지유에게로 다가갔다.

"여기서 애들이랑 뭐 하고 있어?"

"하나가 아이스크림 사달라고 해서 잠깐 나와 있었어요. 근데 오빠는요? 술 많이 안 마셨죠?"

"마시고 싶어도 마실 수가 있냐. 너랑 아이들이 나만 감시하고 있는데."

송지유의 옆에 앉아 현우는 김성민 감독에게 전화를 걸었다. 신호가 간 지 1초도 안 되어 전화가 이어졌다.

"감독님, 회식이 있어서 전화를 못 받았습니다."

―…….

이상하게도 전화기 너머로 말이 없었다.

"감독님?"

―현우 씨네요.

"네, 접니다. 무슨 일 있으십니까?"

―제발 저 좀 도와주십시오. 부탁입니다.

순간 현우의 얼굴이 굳어졌다. 김성민 감독이 잔뜩 술에 취해 있었다. 얼마나 술을 많이 마셨는지 전화기 너머로 술 냄새가 느껴질 정도였다.

툭 전화가 끊겼다.

'대체 또 무슨 일이 생긴 거지?'

현우는 곧장 박창준에게 전화를 걸었다.

"김현우입니다. 혹시 김성민 감독님이랑 같이 계십니까?"

―가, 같이 있습니다. 성민이 자식이 엄청 취했어요. 그리고 지금 영화 엎겠다고 난리 중입니다. 저도 진짜 미쳐 버리겠습니다.

"영화를 엎는다고요?!"

너무 놀라 술이 확 깼다. 생각한 것보다 사태가 훨씬 심각했다.

"지금 어디에 계십니까?"

―저희 영화사에 있습니다.

"알겠습니다. 제가 바로 그리로 가겠습니다."

전화를 끊자 송지유와 고양이 소녀들이 현우를 쳐다보고 있다.

"오빠, 무슨 일인데 그래요? 나쁜 일이에요?"

"지유야, 잠깐 감독님 좀 보고 와야 할 것 같아. 태명이랑 영진이한테 말 좀 전해줘."

"나랑 같이 가요."

"너도 간다고?"

"술 많이 마셨잖아요. 차도 못 가져가고 감독님 만나면 또 술 마실 수도 있어요. 그러니까 나랑 같이 가요."

"대표님, 애들은 제가 잘 챙기고 있을게요. 지유 언니랑 다녀오세요."

김수정까지 나섰다.

"그래, 그럼 같이 가자."

현우가 고개를 끄덕이며 대답했다. 손태명도 최영진도 술에 취해 있었다. 혼자 가는 것보다는 김성민 감독과 친분이 있는 송지유가 함께 가는 것이 더 나을 것 같다는 생각이 들었다.

택시를 잡았다. 현우와 송지유는 창성 영화사로 향했다. 연남동에서 충무로는 그다지 멀지 않았다. 택시 기사는 창성 영화사 간판이 걸려 있는 낡은 건물 앞에서 현우와 송지유를 내려주었다.

건물 4층에 창성 영화사가 자리 잡고 있었다. 문을 열고 들어가자 비좁은 공간에서 알코올 냄새가 진하게 풍겼다. 현우를 기다리고 있던 박창준이 송지유를 뒤늦게 발견하곤 깜짝 놀라 자리에서 일어났다.

"소, 송지유다!"

"안녕하세요?"

"예, 예, 바, 박창준입니다. 성민아, 일어나! 대표님이랑 지유 씨 오셨다!"

박창준이 김성민을 흔들어 깨웠다. 반쯤 잠들어 있던 김성민이 정신을 차렸다.

"현우 씨가 여긴 어쩐 일로……?"

서서히 기억이 돌아오는지 김성민이 머리를 감싸 쥐었다.

"하아……!"

길게 한숨까지 내쉬었다. 그사이 박창준은 테이블에 널려 있는 소주병과 안주들을 정리했다.

"창문 좀 열어도 될까요?"

"물론입니다! 지유 씨, 제가 열겠습니다!"

박창준이 얼른 창문을 열어 환기시켰다.

현우와 송지유가 김성민과 박창준의 맞은편 소파에 앉았다.

"감독님, 대체 어떻게 된 일입니까? 영화를 엎으시겠다는 말씀, 정말입니까?"

현우의 말에 김성민이 고개를 들어 박창준을 째려보았다.

"아, 아니, 진짜 네가 그렇게 말했잖아. 그리고 너 진짜 영화 엎을 놈이잖아. 내가 너를 모를 것 같아? 10년 넘게 봐왔는데?"

"그래, 영화 엎을 기야. 형도 내가 나밖에 모르는 이기적인 새끼 같지?"

송지유의 등장으로 소란스럽던 분위기가 김성민의 날 선 말에 차갑게 얼어붙었다. 쩔쩔매던 박창준의 얼굴이 붉어졌다.

"잘 알고 있네. 너, 너밖에 모르는 이기적인 놈 맞아. 영화가 별거냐? 그냥 사람들이 보고 하하, 호호 웃고 떠들다가 영화관 나와서 영화 괜찮았지? 그래, 괜찮았어. 볼 만하더라. 이러면 그만인 거야. 나도 네가 재능 있고 대단한 놈인 거 알아. 근데 그걸 굳이 세상 사람들까지 다 알아야 마음이 편하겠냐? 난 선배니까 네 그 결벽증, 얼마든지 받아줄 수 있어. 근데 너를 따르는 후배들은 대체 무슨 죄냐? 나이도 먹을 만큼 먹은 놈들이 너 때문에 고생만 하고 산다. 영화를 하려면 잘난 너만 해. 지금이라도 애들한테 현실을 말해줘야 할 것 아냐?"

"형, 말 다 했어, 지금?!"

"말 다 했다! 너도 영화판이 어떤 곳인지 잘 알잖아? 영화 좋아하는 젊은 놈들 열정에 빨대 꽂아서 돌아가는 게 대한민국 영화판이야! 근데 너까지 이래야겠냐?! 알량한 자존심 때문에 영화를 엎는다고? 그럼 네 후배들은 어쩔 거야? 이번에는 또 뭐라고 변명할 건데?!"

"……"

김성민이 고개를 푹 숙였다.

"형, 나도 이번 기회가 언더를 벗어나서 메이저로 가는 길인 거 잘 알아. 동생들한테 넉넉하게 돈도 챙겨주고 자랑스러운 선배가 되고 싶다고. 근데 CV 그 새끼들이 뭔데 내 시나리오에 손을 대냐? 뭔데 내 배우들을 다 갈아엎느냐고! 이게 영화야? 김독은 나야! 근데 나는 닥치고 손에 쥐어주는 시나리오대로만 영화 찍어야 해? 이건 아니잖아!"

김성민이 벌건 얼굴로 울분을 토해내었다. 마흔 살이 넘은 박창준이 눈물을 글썽였다.

"성민아, 형도 이제 한계야. 이번 영화 또 엎어지면 우리 창성 문 닫는다. 나 진짜 이혼당한단 말이다. 너 우리 마누라가 화장대 서랍에 이혼 서류 넣어놓고 사는 거 모르지?"

그런 두 사람을 현우는 안타까운 심정으로 바라보았다.

세계 영화 시장을 주름잡고 있는 할리우드도 인정하는 곳이 바로 대한민국이다. 뤼미에르 형제를 통해 최초의 영화를 탄생시키고 수많은 영화 이론을 정립한 프랑스조차도 자국 영화 시장이 거의 사장된 상태였다. 하지만 대한민국 영화판은 90년대 중반부터 폭발적인 성장을 거듭해 이제는 할리우드의 명감독들과 어깨를 나란히 하는 감독도 배출하고 있는 실정이었다. 어디 그뿐인가. 500만, 700만, 심지어 1,000만 영화도 등장하고 있었고, 할리우드 관계자들도 세계 흥행의 지표로 대한민국 영화 시장을 주목하고 있었다.

이렇듯 겉만 들여다본다면 자랑스러운 대한민국 영화판이었지만 실상은 전혀 그렇지 않았다. 멀티플렉스를 가지고 있는 대기업들이 스크린을 장악하여 철저하게 돈이 되는 영화만 대접받는 곳이 대한민국 영화판이었다.

대한민국 영화판은 헬조선의 축소판이나 마찬가지였다. 세계적으로 인정을 받는 백찬오 감독이나 방준희 감독을 제외하면 거의 모든 감독이 CV 같은 대기업의 간섭을 받아야 했다. CV 소속의 시나리오 작가들이 신인 감독들의 시나리오를 입맛에 맞게 수정하는 건 흔한 일이었고, 심지어 영화의 기획안과 시놉시스를 미리 만들어놓고 단순히 연출만 해줄 감독을 찾는 경우도 허다했다. 아니면 아예 흥행 배우들을 정해놓고 배우들의 이미지에 맞춰 시나리오를 쓰게까지 했다.

그나마 이것들도 CV 같은 대기업 아래서 영화를 만들 때의 이야기이다. 개인 투자자까지 영화 제작에 끼어든다면 그때야말로 진정한 지옥도가 펼쳐진다. 영화에 관해서 아무것도 모르는 개인 투자자들이 감독에게 이것저것 무리한 요구를 하는 일이 상당히 흔했다. 자신이 좋아하는 배우의 캐스팅을 강요하거나 심지어 술자리에까지 불러달라며 떼를 쓰는 일도 다반사였다.

더욱 자세히 들여다본다면 더 기가 막힌 일이 벌어진다. 영화가 흥행을 한다고 해도 대부분의 수익은 제작사와 투자사를 가장한 대기업과 배우들, 감독에게 돌아간다. 현장에서 고생한 스태프에게 돌아가는 건 소량의 푼돈과 그 영화에 참여했다는 심리적인 훈장뿐이다.

어떤 영화배우가 차려진 밥상에 숟가락만 얹었다며 미안한 얼굴로 수상 소감을 발표하는 데는 다 그만한 이유가 있는 것이다.

대중들이 생각하는 것만큼 영화판은 절대 화려하지 않았다. 상업 예술이라 자부하면서도 대기업의 논리로 돌아가는 곳이 바로 대한민국 영화판이었다.

현우가 지금껏 영화판 쪽에는 전혀 관심을 두고 있지 않던 까닭이 바로 여기에 있었다.

그리고 그 현실이 지금 눈앞에 펼쳐져 있었다. 김성민 감독의 시나리오는 칼질을 당해 버렸고, 이미 오디션을 통해 낙점해 둔 배우들까지 까이고 말았다.

'그래서 영화가 개봉되기까지 2년이라는 세월이 걸렸구나.'

머리가 복잡했다. 방관하게 된다면 과거로 돌아오기 전처럼 김성민 감독의 영화는 2년 후에나 개봉될 것이다. 현우의 시선이 창성 영화사 대표 박창준에게로 향했다.

'저 사람도 결국 이혼을 당하겠지.'

과거로 돌아왔다고 해서 현우는 누군가의 삶을 마음대로 바꿀 생각은 전혀 없었다.

'하지만 지유의 인생은 이미 너무 많이 달라져 버렸지.'

지금의 송지유는 누구나 우러러보는 탑스타가 되어 있었다. 손태명, 오승석, 최영진, 그리고 연습생 아이들까지 이미 현우의 선택으로 인해 인생이 달라져 있었다.

'젠장.'

고민이 되었다. 김성민 감독을 도와주고 싶은 마음이 강했지만 2년 후면 그는 한국을 대표하는 감독의 길을 걷기 시작한다. 괜히 그의 인생에 개입하는 게 아닐까 하는 생각이 들었다.

"오빠."

송지유의 음성이 귓가를 간지럽혔다. 현우가 고개를 돌렸다.

"오빠가 나서야 할 것 같아요."

"내가?"

"지금까지 항상 오빠가 모든 문제를 해결해 왔잖아요. 오빠는 주위 사람들이 어렵고 힘들 때 절대 외면하는 사람이 아니에요."

송지유가 살짝 미소 짓고 있었다. 그리고 그 미소에 현우는 마음속 정답을 찾아내었다.

"감독님."

"현우 씨, 미안합니다. 지유 씨한테도 미안해요."

김성민이 쓴웃음을 흘렸다. 박창준은 다 포기한 얼굴을 하고 있었다.

"시나리오 한 번만 읽어보겠습니다."

"지금요?"

김성민이 의아하다는 표정을 지었다. 망연자실해 있던 박창준이 눈을 번쩍 떴다. 그리고 사무실 책상에 놓여 있는 시나리오를 황급히 현우에게 가져다주었다.

현우는 진지한 얼굴로 시나리오를 읽어보았다. 주요 등장인물은 총 네 명이었다. 대학생 새내기인 남자 주인공 김정훈과 여자 주인공 세 명. 그중 한 명은 이 영화의 메인 캐릭터라고 할 수 있었고 나머지 두 명은 조연에 가까웠다.

그리고 현우는 조연에 가까운 여주인공 캐릭터인 미주의 이야기를 집중적으로 살펴보았다. 미주 캐릭터 자체가 송지유와 굉장히 닮아 있었다. 저번 광고 때 현우가 본 송지유는 미주 역을 맡은 여배우보다도 월등했다.

"지유야, 너 연기 한번 해볼래?"

"네?"

송지유가 눈을 동그랗게 떴다. 그리고 놀란 건 송지유만이 아니었다. 김성민과 박창준이 당황한 얼굴로 현우를 보고 있었다.

"감독님, 미주 역에 우리 지유는 어떻습니까?"

김성민의 표정이 심하게 흔들렸다. 그 역시 저번 광고 때 캠퍼스를 거니는 송지유를 보고 미주 역할에 잘 어울리겠다고 생각한 적이 있다.

뭐라 대답하려는데 박창준이 김성민의 입을 억지로 틀어막았다. 영화사 대표답게 박창준은 종합적으로 계산을 해보았다. 그리고 서서히 그의 얼굴로 희망의 빛이 내려앉았다.

"성민아, 지유 씨 캐스팅하자. 무조건 하자."

"형, 감독은 나야."

"어차피 미주 역은 캐릭터가 까다로워서 캐스팅도 못 하고 있었잖아. 지유 씨를 봐. 완전히 미주야. 머리부터 발끝까지 미주라고. 아니야?"

김성민은 무언으로 긍정의 뜻을 표했다.

"그리고 우리 영화가 CV에서 왜 까이고 있었는데? 네가 신인 감독이라서? 비주류 멜로라서? 물론 그렇긴 하지. 근데 CV 기획팀장 놈이 그랬잖아. 배우들이 티켓 파워가 없다고. CV에서 미주 역이랑 정서 역에 아이돌 캐스팅하라고 해서 박차고 나온 거 기억 안 나? 겨우 여섯 시간밖에 안 됐어, 성민아."

"……."

"야, 너 귀먹었어? 송지유라고, 송지유! 송지유 캐스팅했다고 하면 CV에서 30억만 투자해 줄 거 같아? 50억, 아니, 100억도 투자해 줄걸? 시나리오도 네 마음대로 쓰게 해줄 거야!"

박창준은 식은땀까지 흘리고 있었다. 영화가 엎어질 마당에 갑자기 송지유라는 동아줄이 나타났다. 그런데도 이 답답한 동생은 묵묵부답이다.

김성민은 그 나름대로 치열하게 갈등하고 있었다. 송지유가 미주 역을 맡아준다면 박창준의 말처럼 CV에서 쌍수를 들고 환영할 일이었다. 배우 캐스팅 권한과 시나리오 집필 권한을 다시 찾아올 수도 있을 것 같았다.

하지만 감독으로서의 자존심이 그를 망설이게 하고 있었다. 배우는 캐릭터와 잘 맞고 연기력이 뒷받침되어야 한다는 자신만의 원칙을 깨는 것 같아 무언가 꺼림칙했다.

그리고 그 결벽증적인 김성민의 성격을 현우가 모를 리가 없었다.

"사실 어제 시나리오를 읽고 지유가 미주 역을 해보면 어떨까 하는 생각이 들었거든요. 메인 여주인공 역할도 아니니 감독님 영화에 큰 폐는 끼치지 않을 것 같습니다. 아니, 지유 이 아이, 연기에 재능 있습니다. 저번 광고 촬영 때 감독님이 여러 번 말씀하시지 않았습니까? 그리고 만약에 감독님이 미주 역을 지유에게 주신다면 저 역시 가만히 있지만은 않을 겁니다. 지유가 노래를 하는 만큼 연기도 한다는 걸 보여 드리겠습니다."

"오빠?"

송지유가 현우의 팔을 흔들었다. 자신보고 노래만큼 연기를 하라고 주문하고 있는 것이다.

"성민아, 대답 안 할 거야? 대표님이랑 지유 씨가 우리를 도와주시겠다고 하고 있잖아. 막말로 저분들은 우리 영화 출연

안 해도 그만인 분들이야."

"나도 알아."

마침내 김성민이 입을 열었다. 김성민이 머리카락을 쥐어짰다.

"그냥 내가 별 볼일 없는 사람이라는 걸 깨달아서 그런 것뿐이야. 그깟 자존심이 뭐라고 지금까지 형이랑 애들만 고생시킨 셈이잖아."

"갑자기 자아성찰을 하는 건 좋은데 말이야, 일단 지유 씨. 응?"

박창준이 현우와 송지유의 눈치를 살피며 애걸복걸했다. 이러다 두 사람이 마음을 바꾸기라도 한다면 첫 상업 영화는 정말로 끝이 난다.

김성민이 별안간 자리에서 일어났다.

"현우 씨, 그리고 지유 씨, 큰 결정을 내려주셨습니다. 감사합니다."

술에 취해 비틀거렸지만 김성민이 고개를 푹 숙였다. 현우와 송지유가 황급히 자리에서 일어났다.

"감독님, 이러실 필요 없습니다. 그렇다고 제가 자선사업가는 아니지 않습니까? 이번 영화, 잘될 겁니다. 그러니까 그렇게까지 미안해하실 필요 없어요."

"현우 씨가 그걸 어떻게 압니까? 시작부터 이렇게 삐걱대는 영화를요."

　김성민이 자조 섞인 웃음을 흘리며 말했다. 그렇다고 이 영화가 크게 흥행할 거라고 말할 수도 없었기에 현우도 쓴웃음을 머금었다.

　"지유 씨가 연기를 얼마나 잘하는지 두고 보겠습니다."

　"서, 성민아, 두고 보겠다니, 그런 말이 어디 있어?"

　박창준이 눈치도 없고 말주변도 없는 김성민을 보며 한숨을 내쉬었다.

　현우가 송지유를 슥 쳐다보았다.

　"당장 내일부터 연기 레슨 받아야겠다."

　갑자기 영화 출연이 결정되어 버렸다. 빙그레 웃고 있는 현우를 보며 송지유가 한숨을 내쉬었다.

　"정말 못 말려."

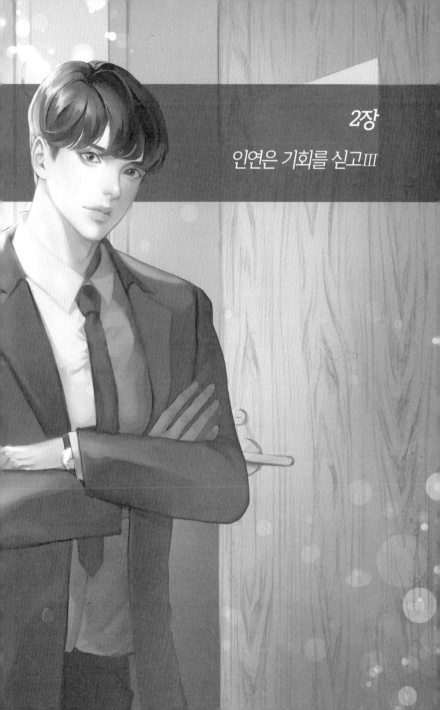

2장

인연은 기회를 신고 III

"성민아, 그냥 하는 말인데, 볼 때마다 기가 확 죽긴 한다."

CV E&M 본사를 올려다보며 박창준이 앓는 소리를 했다. 그에 반해 김성민은 담담한 얼굴이었다.

"형, 들어가자."

"그래, 들어가야지. 어떤 반응이 나올지 쫄려죽겠다."

김성민과 박창준이 CV E&M 본사 안으로 걸음을 옮겼다. 본사 건물 여기저기에 시나리오를 들고 찾아온 무명 감독들과 중소 영화사 대표들의 모습이 보였다. 거의 대다수가 미팅을 신청하기 위해 찾아온 이들이다.

"꼭 구걸하러 온 기분이 든다, 성민아."

"구걸 맞지, 뭐. 안 되는 거 알면서 투자받으러 온 거잖아. 우리도 그랬고, 형."

"그랬지."

두 사람 다 씁쓸한 기분이 들었다. 김성민과 박창준은 일부러 영화인들과 눈을 마주치지 않았다.

복도를 지나 김성민과 박창준이 회의실 문을 열고 들어갔다. CV E&M의 직원들이 두 사람을 기다리고 있었다.

"김 감독님, 박 대표님, 생각보다 빨리 결정을 내리셨나 봅니다."

영화 사업부 기획팀장 정근식이 두 사람을 반겼다. 별다른 반응 없이 김성민은 트리트먼트부터 내밀었다.

"자, 그럼 한번 볼까요."

양 손바닥을 비비다가 정근식이 트리트먼트를 읽어 내려갔다. 그리고 시나리오까지 살펴보았다. 정근식의 얼굴이 조금씩 굳어갔다. 다른 직원들도 트리트먼트와 시나리오를 읽어보더니 한숨을 내쉬었다.

탕!

두꺼운 트리트먼트가 테이블 위로 떨어지며 둔탁한 소리를 냈다. 정근식이 담배를 꺼내려다 다시 안주머니로 집어넣었다.

"감독님, 저번 미팅에서 저희가 말씀드린 것은 다 잊으신 겁니까? 분명 저희들이 조언을 드렸을 텐데요."

회의실 공기가 덩달아 무거워졌다.

"수정된 게 하나도 없군요. 감독님 고집은 잘 알겠습니다. 하지만 이대로라면 이 영화 힘듭니다. 비주류 장르인 멜로에다가 그나마 관객층도 여성인데 내용 자체가 너무 현실적이고 냉소적입니다. 여성들이 과연 이 영화에 공감할 수 있을까요? 시대적 배경도 90년대라니요. 추억과 향수를 불러일으키겠다는 취지는 좋습니다. 근데 그거 아십니까? 90년대에 청춘이던 사람들, 지금 죄다 직장에서 일하거나 집에서 애 키우느라 정신없습니다. 영화관을 가장 많이 찾는 세대는 20대, 30대입니다. 모르시겠습니까? 그리고 한 가지 더. 신인 배우들을 데리고 영화를 찍겠다니요. 남자 주인공 역할로 추천해주신 송민혁 배우는 저희들도 잘 압니다. 주목받는 연극배우이기도 하고 또 감독님 입봉 작품 주인공이기도 하죠. 그런데 길거리 나가서 아무나 붙잡고 물어보세요. 송민혁을 아느냐고 말이에요."

쉴 새 없이 융단폭격이 쏟아졌다. 김성민 감독의 얼굴이 굳어 있다. 그리고 그 눈치를 보느라 박창준은 죽을 맛이었다.

"감독님, 저희 CV는 국내 최고의 제작사이자 투자사, 그리고 배급사입니다. 조금만 현실과 타협을 해보세요. 저희 의견 들으시고 시나리오 수정합시다. 배우들도 저희 쪽에서 캐스팅 하겠습니다."

"싫습니다."

"감독님, 계속 이렇게 고집부리실 겁니까? 충무로에서 주목 받는 신성이라고 하지만 이건 너무한 거 아닙니까? 상업 영화 하시겠다면서요? 예술 하실 거면 그냥 계속 예술 하세요. 감 독님 고집에 맞추려다 이번 영화 망하면 저 옷 벗어야 합니 다. 여기 이 친구들도 마찬가지죠."

잠시 침묵이 흘렀다. 김성민이 조용히 입을 열었다.

"멜로 장르가 왜 비주류가 된 줄 아십니까? 뻔해서 그런 겁 니다. 우연이 겹치고 겹쳐서 만들어진 구닥다리 이야기에 그 어느 누가 공감하겠습니까? 돈이 없어서 한강에서 맥주 마시 며 데이트하는 게 요즘 사람들입니다. 그런데 나보고 호화 크 루즈에서 와인이나 마셔대는 영화를 찍으라고요? 요즘같이 좆같은 현실에서 얼마나 많은 사람들이 그런 이야기에 공감할 것 같습니까? 그리고 지금까지 한국 영화판을 키워온 건 지 금 직장 다니고 애들 키우는 30, 40대입니다. 그 사람들을 무 시하지 마십시오. 정근식 팀장님도 영화에 미쳐 있던 시절이 있지 않았습니까?"

"……."

마지막 말에 정근식이 입을 다물었다. 그 역시 대학 시절

수업을 빼먹고 신촌 영화관을 찾곤 했다.

"백마 탄 왕자, 불치병 여주인공, 비 오는 날 우연히 우산을 같이 쓰게 된 남녀 주인공, 말도 안 되는 오해로 헤어지고 서로를 그리워하다 다시 재회, 이딴 식상한 내러티브가 지금도 통한다고 생각하십니까?"

"……."

이러한 전형적인 내러티브가 멜로 영화를 존재하게 했지만, 지금에 와서는 발목을 잡고 있다는 걸 정근식도 부인할 수 없었다. 하지만 김성민 감독의 시나리오는 철저하게 냉소적이었다. 과연 관객들이 공감할 수 있을까. 그게 걱정이었다.

김성민 감독의 오리지널 시나리오에 끌리고 있음을 정근식도 부인할 수는 없었다. 하나 그가 믿을 수 없는 건 한국 영화 관객들의 수준이었다.

"관객들이 이렇게 불친절한 멜로 영화를 납득할 거라고 보십니까?"

정근식이 한발 물러나 물었다.

"장담 못 합니다. 하지만 관객들을 믿겠습니다."

회의실에 침묵이 어렸다. 잠시 고민하던 정근식이 다시 입을 열었다.

"알겠습니다. 시나리오적인 부분은 저희가 양보하겠습니다. 하지만 배우 캐스팅은 양보 못 합니다."

"싫습니다. 김정훈 역할은 무조건 송민혁이 해야 합니다."

"감독님!"

정근식이 결국 자리를 박차고 일어나 씩씩댔다.

"어디까지 저희가 양보해야 하는 겁니까? 투자 금액만 30억입니다! 그 큰돈을 가지고 영화를 만드실 거면 책임감도 있어야 하는 거 아닙니까? 30억짜리 예술영화를 만드실 생각이면 당장 여기서 나가시죠! 저희한테 시나리오 들고 찾아오는 사람이 감독님밖에 없는 줄 아십니까?!"

"그럼 저도 못 합니다! 안 해요!"

순식간에 회의실이 아수라장이 되었다. 그때였다. 갑자기 회의실 문이 열리며 두 사람이 모습을 드러내었다.

*　　　　*　　　　*

'뭐야, 이 분위기는?'

현우가 얼굴을 찌푸렸다. 아무리 노크를 해도 반응이 없어서 문을 열고 들어왔는데, 김성민 감독과 어떤 남자가 멱살이라도 잡을 것처럼 험악한 분위기를 연출하고 있었다.

씩씩대던 정근식이 현우를 지나 송지유를 보더니 그대로 굳어버렸다.

"송지유?"

"마, 맞습니다, 팀장님. 송지유 맞는데요?"

정근식과 직원들이 느닷없는 상황에 할 말을 잃었다.

"어울림 엔터테인먼트의 대표 김현우입니다. 노크를 해도 답이 없어 일단 들어오기는 했습니다만, 혹시 무슨 일 있는 겁니까?"

현우의 말에 그 누구도 대답하는 사람이 없었다. 너무나 갑작스럽게 송지유가 등장했기 때문이다. 결국 송지유가 선글라스를 벗었다. 정근식과 직원들이 송지유의 실물에 탄성을 질렀다.

"안녕하세요? 송지유입니다."

송지유가 특유의 인사법으로 고개를 꾸벅 숙였다.

정근식이 뒤늦게 정신을 수습했다.

"CV E&M 영화 사업부 기획팀장 정근식입니다. 그런데 어울림의 대표님과 송지유 씨가 여길 왜……?"

직원들도 의문의 눈초리로 현우와 송지유를 번갈아 보고 있었다. 현우가 픽 웃으며 박창준을 쳐다보았다.

"아직 모르시는 겁니까?"

"서, 성민이가 딴 이야기를 하는 바람에……."

"딴 이야기라니요?"

정근식이 박창준과 김성민을 번갈아 살피며 물었다. 김성민은 굳게 입을 다물고 있고, 박창준은 그런 김성민의 눈치만 보고 있었다. 결국 현우가 입을 열었다.

"저희 지유가 미주 역할을 맡게 될 것 같습니다."

"예? 정말입니까?"

"네, 그렇습니다."

"대표님, 송지유 씨, 일단 여기 앉으시죠. 다들 뭐 해? 빨리 음료수나 커피 같은 거 있으면 아무거나 가지고 와!"

"네, 팀장님!"

정근식의 시선이 송지유에게로 향했다. 가만히 앉아 있는데도 후광이 비칠 정도였다. 스무 살의 어린 나이였지만 S급 스타들만이 가지고 있는 특유의 아우라가 느껴졌다.

정근식의 머리가 빠르게 돌아가기 시작했다.

송지유가 영화에 출연한다? 연예계는 물론 영화계에서도 엄청난 화제를 불러올 만한 일이다. 멜로 영화에서 가장 중요한 것이 바로 배우들이 가지고 있는 티켓 파워였다. 송지유라면 남녀노소를 불문하고 요즘 가장 많은 사랑을 받고 있는 연예인이다.

김성민 감독이 의견을 굽히지 않고 당당하게 나온 이유를 이제야 알 것 같았다. 송지유라는 대어를 물어왔으니 충분히 그럴 만하다는 생각이 들었다.

그런데 조금 아쉬운 것이 있었다.

"송지유 씨가 미주 역할을 맡으신다고요? 여주인공이긴 하지만 시브 캐릭터가 아닙니까? 차라리 메인 여주인공 지혜 역할은 어떠십니까?"

현우가 고개를 저었다.

"아뇨. 지혜 역할은 지유한테 어울리지 않을 것 같습니다. 그리고 지유는 이번이 첫 연기입니다. 처음부터 주인공 역할을 시킬 생각도 없고, 아직 지유는 그럴 만한 연기력도 없습니다."

"오늘처럼 광고, 저도 인상 깊게 봤습니다. 크랭크인까지 시간은 충분하니까 연기야 지도를 받으면 그만 아닙니까?"

"광고를 보셨다면 팀장님도 느끼셨을 겁니다. 광고 캠퍼스 편에 나오는 지유랑 시나리오 속의 미주랑 분위기가 아주 흡사하지 않습니까?"

"그렇긴 합니다만… 송지유 씨가 지혜 역할을 맡는 게 여러 면에서 더 얻는 것이 많을 겁니다."

정근식은 애가 탔다. 송지유가 메인 여주인공 지혜 역할을 맡는다면 이 영화의 전면에 송지유를 내세울 수 있었다. 그렇게 된다면 홍보나 마케팅적인 측면에서 엄청난 이점을 취하고 영화를 개봉시킬 수 있었다.

'정말 돈에 눈이 멀었구나. 영화의 완성도보다는 결국 돈이라 이건가?'

현우는 속으로 혀를 찼다. 송지유의 인기에 편승해서 어떻게

든 돈을 벌어보려는 CV E&M 쪽의 수가 훤히 들여다보았다.

"미주 역할로 만족하겠습니다. 사실 김성민 감독님과의 친분이 아니었다면 저는 물론 우리 지유도 영화 출연은 생각도 하지 않았을 겁니다."

"그, 그래요?"

김성민을 바라보는 정근식의 시선이 새삼 달라졌다.

"김정훈 역할은 송민혁이 꼭 해야 합니다. 첫사랑 노트의 주인공이었습니다. 그리고 그와 그녀의 흔한 첫사랑은 첫사랑 노트의 다음 이야기나 마찬가지입니다."

"알겠습니다, 감독님."

정근식이 결국 캐스팅 권한까지 양보했다.

"그 대신 확실하게 짚고 넘어갈 게 있습니다. 영화 홍보 일정이나 시사회, 프로모션에 송지유 씨는 무조건 참석해 주셔야 합니다."

영화 홍보 일정은 생각보다 빡빡하고 바빴다. 이제 곧 정규 앨범을 들고 컴백할 송지유였기에 김성민과 박창준이 미안한 얼굴을 했다.

하지만 현우는 개의치 않았다.

"물론입니다. 영화 홍보 일정은 항상 최우선으로 생각하겠습니다."

아쉬워하던 정근식과 CV E&M 직원들의 얼굴이 그나마 밝아졌다.

"그럼 저희 CV도 약속한 대로 전액 투자를 지원하겠습니다. 김성민 감독님, 그간 마음고생 많으셨습니다. 다 서로 잘되자고 한 말이니 감정 풀고 잘해봅시다."

정근식이 악수를 청했다. 마지못해 김성민이 손을 내밀었다.

*　　　*　　　*

CV E&M에서의 미팅이 끝나고 현우와 송지유는 곧장 플래시즈 엔터테인먼트로 향했다. 신형 초록색 밴이 유유히 도로를 달리고 있다.

"승차감 어때? 확실히 봉봉이보다는 봉식이가 낫지?"

현우가 백미러로 뒷좌석에 앉아 있는 송지유를 살피며 물었다.

"봉봉이도 나쁘지 않았어요."

"그랬나?"

"오빠."

"응."

"괜찮을까요?"

"뭐가?"

"김성민 감독님, 끝까지 기분이 안 좋아 보였잖아요. 괜히 오빠랑 내가 오지랖 넓게 나섰나 싶어요. 감독님이 자존심이 많이 상하신 것 같아요."

송지유가 창밖을 보며 말했다.

"신인 감독의 현실이지, 뭐. 그나마 감독님은 사정이 나은 편이야. 나름 전도유망한 감독이잖아. 다른 무명 감독들 시나리오는 거들떠보지도 않는 곳이 CV야."

"그래요?"

"응. 박창준 대표님이 말씀해 주시더라. 뭐, 지유 네 말대로 자존심은 엄청 상하셨을 거야. 어쨌든 CV 측에서 투자는 감독님이 아닌 지유 널 보고 해주는 거니까."

"난 그렇게 대단한 사람이 아니에요."

"아, 그랬나? 난 금시초문인데?"

"진짜 놀릴 거예요?"

송지유가 현우를 째려보았다. 현우는 피식 웃으며 운전에 집중했다.

플래지즈 엔터테인먼트는 압구정 쪽에 자리 잡고 있었다. 초록색 밴에서 현우와 송지유가 내리자 이기혁 실장과 서아라가 미리 마중 나와 있었다.

"대표님! 선배님!"

서아라가 반갑게 현우와 송지유를 맞아주었다.

"이제 곧 휴가도 끝인데 뭐 하러 회사에 나왔어? 더 쉬지."

"대표님이랑 선배님이 오신다고 해서 회사 소개시켜 드리려고 왔어요."

"기특하네."

프아돌을 통해 가장 많은 변화를 겪은 연습생이 바로 이슬과 서아라였다. 늘 어둡던 서아라는 여느 소녀와 다름없을 정도로 밝아져 있었다.

"자자, 일단 회사 안으로 들어가시죠."

이기혁이 현우와 송지유를 플래시즈 사옥 안으로 인도했다. 중대형 기획사답게 회사의 규모가 컸다. 그리고 수십 명의 직원이 송지유를 구경하러 나와 있었다.

이기혁이 난감한 얼굴을 했다.

"저희 소속사 배우들이 워낙에 두문불출하는 스타일이라 직원들도 연예인들에게 면역력이 별로 없습니다."

"괜찮습니다. 사인해 드리는 게 어려운 일도 아닌데요, 뭐."

송지유는 직원들에게 사인을 해주고 셀카까지 함께 찍어주었다. 간단하게 회사 구경을 하고 이기혁과 서아라는 현우와 송지유를 4층으로 안내했다.

연기 연습실이라고 적힌 검은색 철문이 외딴 복도 끝에 자리 잡고 있었다.

"일단 들어가시죠."

이기혁이 먼저 앞장서서 걷다가 철문을 열었다. 텅 빈 연습실 안은 상당히 어두워서 잘 보이지 않았다.

'아무도 없는 건가?'

그 순간 조명이 켜지며 연습실이 환해졌다. 그리고 의자에 앉아 있던 누군가가 현우와 송지유에게로 다가왔다.

'권강호?!'

예상 못 한 인물의 등장에 현우는 내심 크게 놀랐다.

권강호라면 한국 영화계에서 흥행 배우 1순위로 꼽히는 배우이다.

송지유의 연기 선생님을 구해달라는 부탁을 하긴 했지만, 설마하니 플래시즈 엔터에서 권강호를 연기 선생님으로 모셔놓을 줄은 꿈에도 몰랐다.

현우의 심중을 파악한 이기혁 실장이 서아라를 보며 말했다.

"대표님께서 우리 아라에게 해주신 것들이 있는데 저희도 보답은 해야 하지 않겠습니까? 마침 강호 형님이 요즘 휴식기라 혹시나 하고 부탁을 드렸는데 단번에 승낙하시더군요."

"기혁이 말 듣자마자 덥석 물기는 했죠. 반갑습니다, 권강호입니다."

권강호가 현우에게 손을 내밀어 악수를 청했다. 현우도 황급히 손을 내밀었다.

"어울림 엔터테인먼트 대표 김현우입니다. 영광입니다, 권강호 선생님."

"하하, 영광우요. 흔하디흔한 아저씨 배우 아니겠습니까?"

권강호의 시선이 어느새 송지유에게로 향했다. 송지유가 꾸벅 고개를 숙이며 인사했다.

"안녕하세요. 송지유입니다."

"권강호입니다. 지유 씨 팬입니다."

"정말 제 팬이세요?"

송지유가 조금 놀랐다. 어릴 적부터 영화에서나 보던 권강호가 자신을 보고 팬이라 말하고 있는 것이다.

"지유 씨 팬 맞습니다. 그렇게 이상한가? 이상해요, 지유 씨?"

권강호가 수줍어하고 있었다.

"아니에요. 감사합니다, 선생님."

송지유가 또 꾸벅 고개를 숙여 감사를 표시했다. 권강호가 의외라는 얼굴로 송지유를 바라보았다.

"생각한 것보다 훨씬 예의가 바르시네. 기혁아, 네 말이 맞구나."

여왕이라는 이미지 때문에 권강호도 조금은 걱정을 한 것 같았다.

"어려서부터 빵 떴다고 건방 떠는 애들이랑 지유 씨는 급이 다르죠, 강호 형님."

"하하, 이거 지유 씨가 더 좋아지네? 큰일이다."

권강호가 사람 좋은 얼굴을 하며 웃었다. 반면 송지유는 긴장하고 있었다. 단순히 연기 선생님을 만나러 왔는데, 하필 그 선생님이 대한민국 최고의 배우 중 한 명인 것이다. 자연스레 부담이 될 수밖에 없었다. 그리고 송지유의 이런 심리를 현우가 모를 리 없었다.

"권강호 선생님께서 우리 지유에게 연기를 가르쳐 주신다면 정말 영광입니다만, 대표 입장에서 지유가 조금은 걱정이 되네요."

"걱정요?"

권강호가 반문했다. 현우가 미소를 지으며 다시 입을 열었다.

"대한민국 최고의 배우이신 선생님을 우리 지유가 실망시키지나 않을까 걱정입니다. 더군다나 지유 팬이라고 하시니 이러다 팬 한 명 잃는 게 아닐까 걱정이 되는데요?"

"하하하, 난 또 뭐라고. 걱정 말아요."

권강호가 크게 웃었다. 확실히 일리가 있는 말이었다.

"처음부터 연기를 잘할 수는 없습니다. 애당초 연기라는 건 다른 삶을 살고 있는 사람을 표현하는 거니까요. 지유 씨도 크게 부담 가질 필요 없어요. 다만 죽을 만큼 노력은 해야 할 겁니다. 선생인 저도 죽을 만큼 연기를 가르칠 테니까. 알겠어요?"

"네, 최선을 다하겠습니다, 선생님."

진지한 분위기의 송지유를 보며 권강호가 고개를 끄덕였다.

"음, 이 시나리오 쓴 감독이 누구입니까?"

'그와 그녀의 흔한 첫사랑'의 시나리오를 읽어본 권강호가 현우에게 물었다.

"김성민 감독님이라고, 작년 부산 국제영화제에서 '첫사랑 노트'로 입봉하신 신인 감독님입니다."

"그래요?"

권강호가 꺼끌꺼끌한 턱수염을 매만졌다. 신인 감독의 시나리오였다. 그런데 배우로서의 촉이 발동하고 있었다.

"작품이 좋군요. 다만 내용이 너무 냉소적이라 CV에서는 싫어했을 텐데요?"

탑 배우답게 시나리오를 보는 안목뿐만 아니라 현실적인 면도 잘 파악하고 있었다. 권강호의 시선이 다소곳이 의자에 앉아 있는 송지유에게로 향했다.

"아! 지유 씨가 큰 역할을 했겠군요?"

"부끄럽습니다, 선생님."

"대표님이 부끄러울 게 뭐가 있습니까?"

이기혁이 현우의 말을 받았다. 그리고 권강호에게 그간의 사정을 설명했다.

"하, 이놈의 대한민국 영화판."

권강호가 고개를 끄덕끄덕하며 영화계의 현실에 씁쓸해했

다. 그 역시 한때는 무명 배우 생활을 하며 누구보다도 영화계의 현실에 분노하던 시절이 있었다.

"영화계에 아직도 이런 사람들이 있을까, 기혁아?"

"없을 겁니다. 그런데 김현우 대표님이라면 가능한 이야기죠. 제가 저번에 말씀드렸잖아요. 우리 아라, 하차까지 할 뻔했는데 대표님께서 지켜주셨다고."

"아, 그랬지!"

현우와 송지유를 보는 권강호의 눈빛이 어느새 달라져 있었다. 권강호가 시나리오를 펼치며 입을 열었다.

"당장 연기 레슨 시작합시다. 내 가르쳐 줄 건 다 가르쳐 줄 테니."

＊　　　　＊　　　　＊

송지유가 연기 레슨을 받는 동안 현우는 이기혁과 함께 사무실에서 커피를 마시고 있었다.

"감사합니다, 실장님. 설마 권강호 선생님 같은 분이 연기 선생님으로 지유를 가르쳐 주실 줄은 꿈에도 몰랐습니다."

"감사는요. 사실 저번에 한번 보여주고 싶은 사람이 있다고 했던 거, 강호 형님이었습니다."

"그랬습니까?"

"예. 오늘은 조면이라 그렇지 강호 형님, 지유 씨 열렬한 팬이거든요. 팬카페 가입도 되어 있을 테니 잘 살펴보세요."

이기혁의 말에 현우는 피식 웃었다.

그때였다. 사무실 문이 열리고 평범한 옷차림을 한 젊은 여성이 들어왔다. 젊은 여성이 이기혁에게로 다가왔다.

"실장님, 안녕하세요!"

"아, 그래요. 서유희 씨, 오랜만입니다. 오늘은 무슨 일로 왔어요?"

"스케줄 잡힌 거 혹시 없나 해서 왔어요. 근데 다들 어디 갔나 봐요?"

"네. 오늘부터 태평시대 크랭크인이라 그쪽으로 현장 지원 갔을 겁니다."

"네에……."

서유희의 얼굴에 그늘이 졌다.

"그럼 저 연기 연습실 잠깐만 사용해도 될까요?"

"그래요. 그렇게 해요."

"감사합니다."

꾸벅 머리를 숙이고 서유희라는 여자가 사무실을 나섰다. 두 사람의 대화를 지켜보고 있던 현우가 고개를 갸웃했다.

왠지 모르게 낯이 익었다. 그런데 서유희라는 이름은 생소했다.

"실장님, 저분도 소속 배우입니까?"

"네. 소속 배우이긴 한데 거의 무명 배우나 마찬가지입니다. 요즘은 극단에서 연극하면서 지내는 걸로 알고 있어요. 가끔 저렇게 회사 와서 얼굴 한번 비추고 가는 정도입니다."

"그렇군요."

"극단 돌아다니면서 가능성 있는 배우들을 발굴하곤 하는데 2년 전인가? 지금은 그만둔 매니저가 발굴한 배우일 겁니다."

현우는 고개를 끄덕거렸다.

코코넛 톡. 송지유였다.

[송지유: 수업 끝났어요.]

이기혁과 이런저런 이야기들을 나누다 보니 어느새 한 시간이 훌쩍 지나 있었다.

사무실을 나선 현우는 송지유를 데리러 가기 위해 엘리베이터 버튼을 눌렀다.

4층에서 내려 복도를 지나 연습실로 들어가자 녹초가 된 송지유가 보였다.

확실히 연기 수업이 힘들었던 모양이다.

"수고 많으셨습니다, 선생님."

"나름 보람찬 깃 같은데요? 하하!"

"수업은 언제 또 있습니까?"

"음, 당분간은 시간이 많습니다. 저는 언제든 좋습니다."

현우가 눈동자를 빛냈다. 이건 기회였다.

"그럼 오늘이 수요일이니 월, 수, 금은 어떠십니까? 금요일은 수업 끝나고 제가 술도 사겠습니다."

"좋습니다. 그런데 지유 씨가 괜찮을지 문젠데……."

현우가 슥 송지유를 살폈다.

"좋아요. 선생님만 괜찮으시다면 그렇게 할래요."

의외의 대답에 권강호가 또 하하 하고 크게 웃었다.

정신적 소모가 심한 연기 수업은 배우들도 꺼리는 경향이 있었다. 그것도 권강호에게 연기를 배우는 것이다. 어지간한 신인 배우라면 부담감을 견디지 못할 수도 있었다.

하지만 송지유는 달랐다. 보석 같은 눈동자에 독기가 가득 들어차 있었다.

*   *   *

"괜찮아? 많이 힘든 거 같은데?"

"힘들지는 않아요. 근데 내가 연기를 이렇게 못할 줄은 몰랐어요."

"그래서 멘탈이 반쯤 나가 있었구나?"

백미러로 송지유를 살피며 현우가 피식 웃었다. 음악에 대해선 타고났지만 연기는 또 그렇지 않은 모양이다.

"연기 배워보니까 어때? 계속할 생각은 있어?"

현우는 이 점이 가장 궁금했다. 이번 영화 출연은 사실상 우연스럽게 벌어진 일이다.

"아직은 몰라요. 하지만 팬들에게만큼은 완벽한 모습을 보여주고 싶어요."

"역시 송지유다. 독종 중의 독종."

"내가 누구 때문에 독종이 된 줄 몰라요?"

"누구 때문인데?"

"오빠 때문이잖아요! 데뷔도 안 했는데 무모한 형제들에 출연을 시키더니 또 이번에는 연기도 배워본 적 없는데 영화에 출연하게 생겼잖아요! 할머니한테 다 말할까요?"

"어차피 할머님은 내 편이셔. 소용없을걸."

"진짜 나빠."

투덜대는 송지유의 모습에 현우는 자꾸 웃음이 나왔다. 확실히 할머니와 동생이 서울로 올라오고 나서부터는 송지유가 많이 유해졌다.

그때였다. 갑자기 밴 앞으로 누군가가 뛰어들었다.

끼익!

현우가 급히 브레이크를 밟았다.

"오빠!"

송지유가 깜짝 놀라 현우를 찾았다.

"괜찮아? 다친 데 없어?"

"없어요! 빨리 나가봐요!"

현우는 급히 운전석에서 내려 상황을 살펴보았다.

"아야야!"

조금 전에 잠깐 본 서유희라는 배우가 바닥에 쓰러져 있었다.

"서유희 씨, 괜찮아요? 다친 곳 없습니까?"

울상을 짓고 있던 서유희가 현우를 발견하곤 서둘러 자리에서 일어나려 했다. 그러다 또 바닥으로 쓰러지는 걸 현우가 간신히 부축했다.

"아, 아까 실장님이랑 대화하던 분이시죠? 죄, 죄송합니다. 제가 잠깐 뭘 생각하느라 횡단보도 신호도 못 보고 길을 건넜어요."

"오빠, 일단 병원으로 가요."

송지유도 현우를 도와 서유희를 부축했다.

"저, 정말 괜찮아요. 발목만 살짝 삔 건데 병원까지는 갈 필요는……."

"병원 가야 합니다."

"진짜 그러실 필요 없어요. 약국에서 파스 사서 붙이면 괜찮아질 거예요."

서유희가 자꾸 고집을 부렸다. 부축을 하고 있던 현우가 서유희를 놓아주었다.

"가, 감사합니다. 그럼 저는 가볼게요. 아야!"

걸음을 옮기려다 서유희가 비명을 질렀다. 현우가 성큼성큼 다가가 서유희의 팔을 잡아주었다.

"그쪽, 배우 아닙니까? 연극배우라고 들었는데, 무대에 서려면 배우가 건강해야 하는 거 아니에요? 내일 공연이라도 있으면 어쩌려고 대충 넘어가려는 겁니까?"

"……."

현우의 말에 서유희가 푹 고개를 숙였다. 그러곤 결국 군말 없이 밴으로 올라탔다.

"소, 송지유 씨 아니에요? 맞죠?"

"네, 송지유예요. 근데 정말 괜찮으세요?"

뒤늦게 송지유를 알아본 서유희가 너무 놀라 말을 잇지 못했다. 서유희가 손가락으로 운전석 쪽을 가리켰다.

"그, 그럼 아까 실장님이랑 이야기하시던 분은 어울림 대표님인가요?"

"네, 김현우입니다, 서유희 씨."

백미러를 보며 현우가 말했다. 서유희의 얼굴이 붉어졌다.

"다음부터는 신호등 잘 보고 건너세요. 하마터면 대형 사고 날 뻔했습니다."

"죄송해요. 그런데 정말 괜찮아요. 저 내려주세요."

"아니에요. 병원 가셔야 해요."

송지유는 단호했다.

근처 병원으로 가는 내내 밴 안에 침묵이 감돌았다. 송지유야 원래 현우가 아니면 말이 별로 없는 스타일이었고, 현우는 조금 전 사고에 놀라기도 하고 왠지 모르게 화가 나기도 해서 일부러 말을 하지 않고 있었다.

내성적인 성격의 서유희는 미안한 마음에 이러지도 저러지도 못하고 있었다. 그러다 서유희의 시선이 바닥으로 향했다.

급정거를 한 탓에 두툼한 파일 하나가 바닥에 널브러져 있었다. 별생각 없이 서유희가 파일을 집어 들었다가 표지를 보곤 갑자기 깜짝 놀랐다.

"호, 혹시 이거 김성민 감독님 작품 아니에요?"

"네, 맞아요."

"…그랬구나."

서유희의 얼굴로 짙은 그늘이 드리워졌다. 하필 그 표정을 현우가 백미러로 보고 말았다.

"김성민 감독님을 아십니까?"

"네."

"그래요? 어떻게 아는 사이입니까?"

서유희가 잠시 머뭇거리다가 입을 열었다.

"얼마 전에 오디션 봤는데 떨어졌어요."

기가 막힌 인연이었다. 뭐라고 말을 해줘야 하나 고민하다 현우가 입을 열었다.

"기회는 많습니다. 그러니까 힘내요, 서유희 씨."

"기회가 저에게 또 있을까요?"

서유희의 자조 섞인 음성이 현우의 귓가를 맴돌았다.

병원에 도착해 이곳저곳 정밀 검사를 받게 했다. 다행히 크게 다친 곳은 없었지만 허리 쪽 신경이 놀라고 왼쪽 발목에 금이 가 하루 이틀 정도는 입원을 해야 했다. 입원 수속을 밟은 후 현우는 병실을 찾았다. 피곤했는지 서유희가 잠들어 있었다. 송지유는 그런 서유희를 가만히 보고만 있었다.

"오빠."

"응."

"연예계가 이렇게 힘든 곳인지 몰랐어요."

병실 침대 옆 탁자에 서유희가 정갈하게 옷을 개어놓았는데, 청바지는 다 해져 물이 빠져 있고 걸치고 있던 붉은색 남방도 올이 다 나가 있었다. 침대 아래 놓인 캔버스 화는 낡고 오래되어서 곧 찢어질 것만 같았다.

"후우, 다 그런 거지, 뭐. 워낙에 경쟁이 치열한 곳이니까."

그렇게 말하고 현우는 탁자 옆 의자에 앉았다.

툭.

그때 갑자기 바닥으로 무언가가 떨어졌다. 곱게 접어놓은 메모 용지였다. 서유희의 청바지나 남방에서 흘러나온 것 같았다.

무심코 메모지를 집어 들었는데 살짝 글씨가 보였다. 그리고 그 순간 현우의 눈동자가 한없이 커졌다.

말문이 막히고 가슴 한편이 답답해져 왔다.

"오빠, 왜 그래요?"

"……."

현우는 대답 없이 메모지를 뚫어져라 쳐다보고만 있었다. 결국 송지유가 자리에서 일어났다. 메모지 속 내용을 확인한 송지유의 눈동자가 흔들렸다.

메모지에는 '지쳤어. 내 꿈, 이제는 포기할래. 편해지고 싶어. 미안해요'라는 짤막한 글귀가 적혀 있었다.

송지유가 현우의 팔을 붙잡았다.

"오빠."

"그래, 이거 유서야. 저 여자, 어쩌면 일부러 우리 밴에 뛰어든 것일 수도 있어."

현우는 길게 한숨을 내쉬었고, 송지유는 입술을 깨물었다. 현우의 시선이 병원 침대에 누워 있는 서유희에게로 향했다.

곤히 잠들어 있는 그 표정만 보면 유서를 남길 사람이라고는 도저히 생각되지 않았다.

"어떻게 해요? 만약 메모지 내용이 진심이라면 가족들한테 알려야 하는 거 아니에요?"

"일단은 깨어날 때까지 기다려 보자. 직접 확인해 봐야겠어. 피곤할 텐데 먼저 회사로 가 있을래? 저녁에 선생님들도 오실 거잖아. 그전에 조금이라도 쉬어야지."

"여기 있을래요. 피곤하지만 사람이 먼저예요."

"그래, 그러자."

현우와 송지유는 나란히 앉아 서유희가 깨어나기를 기다렸다. 그리고 한 시간 정도가 지나자 서유희가 뒤척이며 눈을 떴다.

"앗! 죄, 죄송해요! 제가 깜빡 잠들었죠? 지금 몇 시예요?"

상체를 일으킨 서유희가 황급히 벽에 있는 시계를 쳐다보았다.

"아, 알바 늦었네! 아, 그것보다 저 때문에 시간만 버리셨죠? 죄송합니다! 죄송합니다!"

서유희가 연거푸 고개를 숙여 보였다. 현우는 그런 서유희를 가만히 살펴보았다. 그간 피로가 쌓여 있었는지 안색이 창백하고 식은땀까지 흘리고 있었다. 현우는 말없이 생수병을 건네었다.

"감사합니다."

서유희가 벌컥벌컥 물을 마셨다. 현우와 송지유의 시선이 마주쳤다. 송지유가 현우를 향해 고개를 끄덕거렸다.

"서유희 씨, 이게 뭡니까?"

현우가 메모지를 내밀었다. 서유희가 들고 있던 생수병을 툭 떨어뜨렸다. 그러곤 푹 고개를 숙였다.

"……."

"목숨을 끊으려고 우리 밴으로 뛰어든 거였습니까? 서유희 씨가 지금 얼마나 큰 잘못을 저질렀는지 알고는 있습니까? 스스로 자살을 선택하는 것도 모자라서 저랑 지유는 하마터면 눈앞에서 사람이 죽는 광경을 볼 뻔했습니다. 죽으려면 혼자 죽어요. 왜 다른 사람들한테까지 피해를 주는 겁니까?"

"……."

서유희가 눈물을 흘리기 시작했다. 더 뭐라고 말을 하려는데 송지유가 현우의 팔을 잡고 흔들었다. 송지유가 현우를 바라보며 고개를 저었다. 그러자 차갑게 식어 있던 현우의 마음이 조금이나마 녹아내렸다.

그럼에도 현우는 여전히 차가운 얼굴을 하고 있었다. 물론 서유희에겐 그녀 나름의 사정이 있을 것이다. 하지만 자꾸만 화가 났다.

서유희가 소리 없이 눈물을 흘리고 있었다. 송지유가 병원

침대에 걸터앉아 그런 서유희를 조심스레 껴안아주었다.

한참을 울던 서유희가 송지유에게 감사하다며 고개를 숙여 보였다. 그리고 처연한 얼굴로 현우를 슥 쳐다보았다.

"죄송해요. 죽으려고 한 건 절대 아니었어요. 얼마 전에 너무 힘들어서 메모지에 글을 남겨본 거예요. 그런데 잊고 있었어요. 정말이에요. 대표님 밴과 부딪친 것도 정말 우연한 사고였어요."

"내가 서유희 씨 말을 어떻게 믿습니까?"

"믿어주세요, 대표님. 정말이에요."

"후우."

길게 한숨을 내쉬며 현우는 서유희의 눈동자를 똑바로 쳐다보았다. 보통 거짓말을 하는 사람은 상대방의 눈동자를 똑바로 쳐다보지 못한다.

눈물을 머금은 눈동자는 흔들림이 없었다. 결국 현우는 자리에서 일어났다.

"그럼 그렇게 믿겠습니다. 병원에 혼자 있을 수 있어요?"

"네, 그럼요. 지금 바로 퇴원하는 게 좋을 것 같아요. 알바도 늦었고."

서유희가 씩씩하게 대답했다. 그렇게 침대에서 일어나려다가 서유희가 갑자기 비명을 질렀다. 현우가 이마를 짚었다. 본인의 몸 상태도 제대로 알지 못하는 여자였다.

"허리 쪽 신경이 놀랐다고 하더군요. 왼쪽 발목은 살짝 금이 갔다고 해서 깁스도 했습니다. 그새 잊었습니까?"

"아, 그랬죠."

덜렁대는 성격인지 아니면 상황이 상황인지라 경황이 없는 건지 참 알 수 없는 여자란 생각이 들었다.

"의사 선생님 말씀대로 퇴원은 내일이나 모레 하는 걸로 하세요. 적어도 하루 정도는 쉬는 게 좋을 겁니다. 그럼 내일 오겠습니다."

"진짜 괜찮은데……"

"아뇨. 이런 건 확실히 하는 게 서로에게 좋습니다. 제 명함입니다. 혹시 무슨 일 생기면 바로 연락 줘요. 그럼 편히 쉬어요."

병실을 나서려다 현우가 다시 몸을 돌렸다.

"서유희 씨."

"네, 대표님."

"쉽게 포기하지 말아요."

"네?"

"쉽게 포기하지 말라고 했습니다."

"네."

"가자, 지유야."

송지유가 서유희에게 몇 가지 당부를 하고 현우의 뒤를 따랐다. 밴을 타자마자 현우는 운전석 시트에 몸을 기대었다. 하마터면 정말 큰일이 날 뻔했다.

"현우 오빠."

뒷좌석에서 송지유가 말했다.

"응, 듣고 있어."

현우는 두 눈을 감은 채로 대답했다.

"아직 화 많이 났어요?"

"화 안 났어. 그냥 놀란 것뿐이야."

"방금 전에는 오빠답지 않았어요."

"……."

"그 언니가 죽을 마음으로 밴에 뛰어든 건지, 아니면 정말 사고인지는 나도 모르겠어요. 하지만 내가 아는 오빠라면 그렇게 매몰차게 사람을 몰아세우지는 않았을 거예요."

"…그냥 예전의 내가 떠올랐어. 그래서 좀 감정적으로 대했나 보다."

문득 과거로 돌아오기 전의 기억이 떠올라 현우는 씁쓸했다.

침묵이 감돌았다.

"예전의 오빠는 어땠는데요?"

나지막하게 송지유의 목소리가 들려왔다.

"무기력하고 꿈도 희망도 없이 하루하루 버티면서 살았지. 뭐 다 흘러간 이야기야. 신경 쓰지 마."

송지유는 대답이 없었다. 대신 양쪽 어깨로 송지유의 손길이 느껴졌다.

"왜? 또 꼬집으려고?"

"불쌍해서 어깨라도 주물러 주려고 했는데 그냥 꼬집을게요."

송지유의 말에 현우는 피식 웃었다.

"웃음이 나와요, 지금?"

"귀여워서."

"네?"

갑자기 송지유가 입을 꾹 다물었다. 밴 안으로 미묘한 기류가 흘렀다. 두 사람 모두 이러한 상황이 당황스러웠다.

"근데 서유희 씨, 가만히 보고 있으니까 분위기도 있고 예쁘더라. 그렇지?"

현우는 별생각 없이 말했다. 그런데 송지유가 눈을 가늘게 뜨며 현우의 목덜미를 꼬집었다.

"악! 뒤에서 꼬집는 법이 어디 있냐?"

"그 와중에 여자가 눈에 들어오나 봐요? 진짜 불순해."

"내가 뭐가 불순해? 내가 뭘 했는데? 예뻐서 예쁘다고 한게 죄냐? 너도 예쁘잖아. 그것도 엄청 예쁘잖아."

"몰라요. 빨리 가요."

송지유는 팔짱을 끼며 창밖을 바라보았다. 그리고 혼자 조용히 웃음을 참았다.

*　　　*　　　*

어울림 엔터테인먼트 앞으로 고양이 소녀들의 모습이 보였다. 그리고 15인승 승합차가 모습을 드러냈다.

"우와!"

"엄청 크다! 저거 우리 밴인가 봐!"

아이들이 감탄을 터뜨렸다. 그리고 승합차에서 현우와 최영진이 나란히 내렸다.

"대표님, 보고 싶었어요!"

"배하나, 거짓말! 언제는 먹고 싶은 거 마음대로 먹을 수 있다고 좋다며?"

배하나와 이지수가 현우에게로 쪼르르 달려왔다. 현우는 빙그레 웃으며 고양이 소녀들을 살펴보았다. 각자 집으로 돌아가 충분히 휴식을 취한 덕분인지 생기가 넘쳐났다. 일본 오사카에 다녀온 이솔은 살짝 그을려 있어 더욱 건강해 보였다.

"대표님, 이거 쿠키예요."

이솔이 바구니를 내밀었다. 역시나 당근 쿠키였다.

"그렇지 않아도 맥주 마실 때 안주가 없어서 아쉬웠는데 잘됐다."

"헤헤, 맛있다."

어느새 배하나가 당근 쿠키를 꺼내 먹고 있었다. 현우는 거의 한 달 만에 보는 아이들이 반가워 자꾸만 웃음이 나왔다.

"솔이는 쿠키 만들어 왔는데 배하나 너는 뭐 없어?"

"그럴 리가요. 전주의 자랑! 황태구이를 가지고 왔거든요!"

배하나가 여행 가방을 열었다. 그리고 잘 포장된 황태를 하나 꺼내어 현우에게 내밀었다.

"이거 연탄불에 구워서 특제 간장에 마요네즈랑 청양고추 송송 썰어 넣고 찍어 먹으면 진짜 맛있어요! 맥주랑 엄청 잘 어울려요!"

"내 생각해서 가져온 거야?"

"네. 헤헤."

현우는 황태를 살펴보며 만족스러워했다.

아이들과 이야기를 나누는 사이 개인 연습생 김세희가 베트남을 다녀온 개인 연습생 하잉과 함께 나타났다.

"대표님, 안녕하세요?"

"안녕하세요?"

"그래, 오랜만이다, 얘들아."

뒤이어 프리즘의 전유지와 양시시, 사바나의 유은, 파인애플 뮤직의 차보미와 권예슬, 플래시즈 엔터의 서아라가 합류했다. 어울림의 배려 덕분에 푹 쉬고 온 아이들은 고양이 소녀들과 마찬가지로 생기가 넘쳤다.

한 명 한 명 인사를 받아주며 현우는 아이들의 숫자를 세어보았다. 고양이 소녀 다섯 명과 프아돌 멤버 여덟 명을 합쳐서 모두 열세 명이 맞았다.

"자, 일단 그럼 다들 타자."

"네!"

현우의 인도 아래 아이들이 승합차로 올라타기 시작했다.

이번에 장만한 승합차 스프린터는 15인승이긴 하지만 사실 열일곱 명에서 열여덟 명 정도는 탈 수 있었다. 아이들이 다 타고도 제법 공간이 남았다.

"이거 비싸죠? 얼마예요, 대표님?"

전유지가 현우에게 물어왔다. 열여섯 살 소녀다운 질문에 현우는 피식 웃었다.

"비싸긴 한데 너희들 편안하게 다니려면 이 정도는 되어야 하지 않겠어?"

"멋있어요, 대표님!"

전유지가 헤헤 웃으며 엄지를 척 들어 보였다.

"나중에 이거 타고 캠핑 가요, 캠핑!"

배하나도 헤헤 웃으며 말을 보탰다. 다른 아이들도 잔뜩 신이 나 있었다.

"대표님, 우리 어디로 가요?"

스물한 살 맏언니답게 유은이 영양가 있는 질문을 했다.

"숙소로 가야지."

현우의 말에 아이들이 서로를 쳐다보며 눈을 동그랗게 떴다. 숙소라니. 미처 생각하지 못한 부분이다.

"빨리 가요! 빨리 가요!"

아이들이 빨리 가자며 노래를 부르기 시작했다. 비슷한 또래의 소녀가 열세 명이나 모인 만큼 상당히 시끌벅적했다.

시동이 걸리자 또 신이 난다며 환호성을 질렀다.

숙소는 어울림 엔터테인먼트가 있는 연남동에서 가까운 연희동에 있었다.

승합차에서 내린 멤버들이 2층짜리 단독주택을 올려다보았다. 조금 놀란 눈치들이다.

"뭐 해? 들어가자."

현우와 최영진을 따라 숙소로 들어선 아이들이 크게 놀랐다. 1층과 2층을 합쳐 큰 방만 여섯 개였다. 화장실도 세 개나 있었다. 수리를 해서 내부가 깨끗했고 소녀들의 감성에 맞춰 인테리어까지 해놓은 상태였다.

"유시야, 무슨 숙소가 이렇게 좋아?"

"여기 진짜 우리 숙소 맞아요, 은이 언니?"

숙소 생활을 경험해 본 멤버들은 물론 파인애플 뮤직이나 플래시즈 엔터 같은 중대형 기획사 출신의 멤버들도 숙소를 살펴보곤 자기들끼리 수군거렸다. 멤버가 열세 명인 만큼 어느 정도는 각오하고 있었는데 그 각오가 무색할 만큼 숙소가 너무 넓고 좋았다.

반면 어울림 엔터테인먼트 소속 고양이 소녀들은 오히려 다른 멤버들의 반응에 놀라고 있었다.

"대표님, 무리하셨죠? 그렇죠?"

서아라가 걱정스러운 얼굴을 했다. 이지수가 서아라의 목에 팔을 걸었다.

"이게 바로 어울림 엔터테인먼트 클래스 아니겠어?"

"말만 하면 다 들어주시긴 해."

유지연도 말을 보탰다. 다른 멤버들이 부러운 얼굴로 고양이 소녀들을 바라보았다. 이 정도 지원은 걸즈파워 정도의 탑걸 그룹이 아니면 감히 꿈도 꾸지 못할 정도였다. 특히 소형 기획사 출신인 프리즘과 사바나 멤버들은 현우를 보는 시선이 더욱 달라져 있었다.

'투자한 보람이 있네.'

기뻐하는 멤버들을 보니 현우도 기분이 좋았다. 보증금 4,000만 원에 월세가 120만 원이나 되었고, 수리비로 돈을 쓰기는 했지만 아직 어린 소녀들이다. 좁아터진 숙소에서 고생시킬 생각은 전혀 없었다.

또 소속 연예인들에게 최고의 대우를 하는 것이 어울림의 기본 모토이기도 했다.

"각사 방은 멤버들끼리 회의를 통해서 정하도록 하고, 너희들 간의 일은 너희들에게 맡길 생각이야. 다들 친하니까 알아서들 잘할 수 있겠지?"

"네!"

현우의 당부에 멤버들이 한목소리로 대답했다.

"그럼 오늘은 짐 풀고 편히 쉬도록 해라. 조금 이따가 릴리 선생님도 들르실 거니까 필요한 거 있으면 부담 갖지 말고 말하고."

"대표님은 어디 가시는데요?"

"가지 마세요, 대표님."

이솔과 서아라를 시작으로 멤버들이 진심으로 아쉬워했다. 현우가 머리를 긁적였다.

"형님은 인기 좋은 대표님이시네요. 원래 대표님들은 아저씨 같다고 애들한테 인기가 없거든요."

최영진이 현우에게 속삭였다.

초롱초롱한 눈동자들이 현우를 향해 있다. 결국 현우는 아이들의 의견을 따르기로 했다.

"그럼 우리 치킨이나 먹을까?"

현우의 제안에 아이들이 거실을 뛰어다니며 좋아했다.

멤버들을 배불리 먹이고 짐을 푸는 것까지 확인한 후 현우는 최영진과 함께 병원으로 향했다. 병실로 들어가자 서유희가 누워 있어야 할 자리에 처음 보는 남자 한 명이 누워 있다.

"오늘 점심 지나서 퇴원했다, 이 말입니까?"

"네. 환자분이 보호자분이랑 상의가 되었다고 말씀하셔서서 퇴원 조치를 내렸어요. 혹시 무슨 문제라도 있으신가요?"

간호사가 고개를 갸웃하며 현우에게 물었다. 현우가 길게 한숨을 내쉬었다. 달랑 명함만 주었을 뿐 연락처가 없었다.

"저… 어울림 엔터테인먼트 김현우 대표님이시죠?"

다른 여자 간호사가 현우를 불렀다. 그리고 현우에게 종이 봉투 하나를 건넸다.

"서유희 환자님이 전해 드리라고 부탁하셨어요."

종이봉투를 열자 만 원짜리 지폐 아홉 장과 함께 메모지가 들어 있었다.

검사비랑 병원비에는 턱없이 부족하겠지만 제가 가지고 있는 돈의 전부예요. 연락도 없이 퇴원해서 죄송하고 감사해요. 지유 씨한테도 고맙다고 꼭 전해주세요. 쉽게 포기하지 말라는 말, 새겨듣겠습니다.

꾸깃꾸깃한 지폐가 유독 눈에 들어왔다. 왠지 모르게 미안하고 허탈했다. 한참 동안 서 있던 현우는 몸을 돌렸다.

"가자, 영진아."

어울림으로 돌아온 현우는 2층 녹음실로 향했다. 장성률과 김동철이 현우를 반겨주었다. 최현의 프로듀싱 아래 부스 안에서는 송지유가 허밍을 하며 목을 풀고 있었다.

본격적인 첫 녹음이기에 현우도 내심 긴장되었다.

덜컥.

두꺼운 부스 문이 열리고 송지유가 걸어나왔다.

"오빠, 어떻게 됐어요?"

"오늘 점심때 혼자 퇴원했더라고."

"그래요?"

송지유가 소파에 앉으며 현우가 병원에서 그런 것처럼 한숨을 내쉬었다. 현우는 조용히 메모지를 보여주었다.

"아쉬워?"

"네. 하지만 인연이 있으면 또 볼 날이 있을 거예요."

그렇게 말하곤 송지유가 작사 노트를 현우에게 건네었다.

"왜!"

"제목 정했어요."

송지유의 말에 현우의 눈동자가 커졌다. 그간 어머니가 남긴 노래의 제목을 정하지 못해 제법 마음고생을 한 송지유였다.

"…낙엽편지라……"

"제목 어때요?"

"잘 지었어. 어머님도 마음에 들어하실 것 같다."

바닥에 떨어진 채로 천천히 바스러져 가는 낙엽과 편지가 합쳐진 제목은 그리움의 감정이 담겨 있는 노래와 상당히 잘 어울렸다.

"그리고 보여줄 거 또 있어요."

송지유가 갑자기 눈동자를 빛냈다.

3장

가을, 그 낙엽을 타고 I

녹음실 부스로 들어간 송지유가 무언가를 들고 나타났다. 검은색 윤기를 발하는 클래식 기타였다.

"지유야, 너 기타 칠 줄도 알았어?"

현우가 놀라자 송지유가 살짝 미소를 머금으며 고개를 끄덕거렸다.

"김동철 선생님이 가르쳐 주셨어요."

송지유를 보며 김동철이 흐뭇한 얼굴을 했다.

"지유가 음악에 재능이 많아요. 가르치는 맛이 있네요."

"감사합니다, 선생님."

현우는 정중하게 감사를 표시했다. 김동철은 싱어송라이터로서도 유명했지만 클래식 기타에 있어서도 상당히 권위 있는 인물이었다. 김동철에게 클래식 기타를 배운다는 것 자체가 큰 기회이자 영광이었다.

"지유야, 낙엽편지 한번 불러봐."

"네, 선생님."

송지유가 소파에 앉아 허벅지에 클래식 기타를 걸쳤다. 송지유의 아련한 음색에 클래식 기타의 선율이 더해졌다. 현우뿐만 아니라 송지유를 지켜보고 있는 김동철과 장성률, 그리고 최현의 입가에 절로 미소가 지어졌다.

"어때요, 현우 오빠? 어땠어요, 선생님들?"

굳이 말로 표현할 필요가 없었다. 현우를 비롯한 세 음악인은 그저 감동의 박수를 보낼 뿐이었다.

"동철이랑 나도 곡을 완성했어요. 김 대표, 한번 들어봐요."

"네, 선생님."

녹음실에 김동철이 만든 곡이 먼저 흘러나왔다. 낭만과 싱어송라이터라 불리는 김동철답게 감미롭고 사랑스러운 느낌이 물씬 풍겼다. 반면 최현이 만든 곡은 느낌이 전혀 달랐다. 쓸쓸하고 마음 한구석이 시리기까지 했다.

두 곡을 모두 듣고 난 현우는 조용히 박수를 쳤다. 한 시대를 풍미하던 싱어송라이터들답게 곡 자체가 명품이나 다

름없었다. 그런데 어쩐지 최현이 특유의 사악한 미소를 짓고 있었다.

"동철이도 그렇고 가사는 일부러 쓰지 않았습니다."

"제가 또 가사까지 써야 해요, 선생님?"

송지유가 울상을 지었다. 하지만 최현과 김동철, 장성률은 당연하다는 표정이다.

"일주일 줄게, 지유야."

"아! 정말!"

송지유가 홱 토라지며 고개를 돌렸다.

"마음은 아프지만 어쩔 수 없네요, 지유 씨."

장성률이 안타까워하면서도 쓴웃음을 머금었다. 김동철과 최현도 마찬가지였는데 그 모습이 꼭 삐쳐 있는 조카와 그걸 귀여워하는 삼촌들 같았다.

"오빠."

결국 송지유가 최후의 수단으로 현우를 쳐다보았다. 현우 역시 어깨만 으쓱할 뿐 도와줄 생각이 없었다.

'생각한 것보다 지유에 대한 기대들이 커.'

단순히 앨범 작업을 하는 것만이 아니었다. 세 명의 싱어송라이터는 자신들이 가지고 있는 것을 송지유가 최대한 흡수해 주기를 간절히 바라고 있었다.

그리고 송지유는 이들을 통해 음악적으로 비약적인 성장을 거듭하고 있었다.

*　　　*　　　*

　젊음의 거리 홍대.

　토요일을 맞아 거리는 사람들로 넘쳐났다. 평소보다 배는 넘게 사람이 많았다. 영문을 모르는 상인들은 오늘이 대체 무슨 날이냐며 서로 묻기까지 했다.

　오후 3시가 되자 개나리 색깔의 티셔츠를 맞춰 입은 사람들이 삼삼오오 모여들었다.

　잠시 후, 초록색 밴 하나가 거리에 들어섰다. 모여 있던 사람들이 엄청난 환호성을 토해내기 시작했다.

　"이, 이거 뭐야? 왜 이렇게 사람들이 많아?"

　운전대를 잡고 있던 현우가 거리에 가득 들어차 있는 사람들을 보며 당황해했다. 송지유가 창문 가리개를 슬쩍 내리고 밖을 살폈다.

　"정말 많이들 오셨네요. 어? 오빠, 우리 팬들도 있어요."

　오랜만에 팬들을 만나는 송지유였다. 당황해하고 있는 현우와 달리 송지유는 설레는 감정을 느끼고 있었다.

　드르륵.

　핸드폰이 울렸다. 현우는 이어폰을 끼고 전화를 받았다.

—대표님, 홍대입구 쪽은 곧 마비될 것 같대요. 지유 씨랑 홍대 거리로 들어갔죠?

"방금 간신히 들어왔습니다. 그런데 무슨 사람이 이렇게 많습니까? 대체 홍보를 얼마나 하신 겁니까?"

현우가 투정 아닌 투정을 부렸다. 핸드폰 너머로 정아라 팀장의 웃음소리가 들려왔다.

—일 년에 두 번 있는 프로모션 행사인데 저희 로데 주류도 뽑아 먹을 건 확실히 뽑아 먹어야 하지 않겠어요?

"하하, 그렇긴 하네요."

솔직한 게 장점인 여자였다.

"후우, 팀장님, 그럼 행사장에서 뵙겠습니다."

—벌써 도착하셨어요?

"아뇨. 인파 때문에 중간에 내려서 걸어가야 할 것 같습니다."

—그렇게 사람이 많나요? 정말 죄송해요.

"아닙니다. 지유도 오랜만에 팬들을 가까이서 보고 좋죠, 뭐. 그럼 끊겠습니다."

사람들이 자꾸 몰려 더 이상 밴을 움직일 수가 없었다. 간신히 구석에 밴을 세워놓은 다음 현우가 먼저 운전석에서 내렸다. 뒤이어 송지유가 모습을 드러내자 고막이 터질 것 같은 환호성이 쏟아졌다.

송지유가 사람들을 향해 손을 흔들었다. 좌우에서 밴을 호위하고 있던 경호원들이 순식간에 현우와 송지유를 앞뒤로 둘러쌌다.

"언니! 예뻐요!"

"갓 지유! 갓 지유다!"

"미쳤다! 송지유 미모, 미쳤다!"

송지유의 실물을 처음 본 사람들은 하나같이 크게 놀라며 입을 다물지 못했다. 같은 여자들도 감탄을 금치 못했다.

"오, 오빠."

송지유가 습관적으로 현우의 팔을 잡았다. 서서히 사람들이 몰려들고 있었는데 그 숫자가 장난이 아니었다.

"조금 서둘러서 이동하셔야 할 것 같습니다."

롯데 주류 측 경호팀장이 상황을 인지하며 말했다. 인파에 둘러싸이려는 순간, 개나리 색깔 티셔츠를 맞춰 입은 송지유의 팬들이 사람들에게 양해를 구하며 길을 트기 시작했다.

"갑시다!"

현우가 송지유의 손목을 잡고 서둘러 앞으로 나갔다. 팬들은 송지유가 지나갈 수 있도록 끝까지 길을 만들어주었다. 그 와중에도 송지유는 팬들과 일일이 눈을 맞추는 것을 잊지 않았다.

팬들의 도움으로 간신히 행사장에 도착할 수 있었다. 행사장에도 이미 수많은 사람들이 몰려들어 있었다. 무대에 오르기 전 김은정이 송지유의 의상과 메이크업을 점검하기 시작했다.

오랜만의 공식 석상이었기에 송지유는 한껏 꾸민 상태였다.

하늘하늘한 하늘색 원피스에 허리 부분은 검은색 리본으로 살짝 묶어 라인을 살렸다.

그리고 송지유를 상징하기도 하는 개나리 색깔의 하이힐도 하늘색 원피스와 잘 어울렸다.

옅은 화장에 그동안 많이 자라 허리 근처까지 내려오는 생머리는 살짝 컬을 넣어 웨이브를 연출했다.

"우리 지유가 확실히 예쁘긴 하다."

매일매일 송지유를 보고 사는 현우조차도 지금 이 순간만큼은 송지유에게서 눈을 떼지 못하고 있었다.

그사이 정아라 팀장이 나타났다.

"현우 대표님! 지유 씨! 괜찮았어요?"

정아라 팀장이 서둘러 현우와 송지유를 살폈다.

"하마터면 행사 펑크 날 뻔했네요. 제 불찰이에요. 설마 지유 씨를 보려고 이렇게 많은 사람들이 몰려들 줄은 예상하지 못했어요. 지유 씨, 다친 곳 없죠?"

정아라 팀장은 물론 로데 주류 측 관계자들이 송지유의 눈치를 살폈다. 송지유는 단순히 오늘처럼의 광고 모델이 아니었다. 오늘처럼 하면 가장 먼저 떠오르는 하나의 상징이 되어 있었다.

지난 몇 개월간 송지유 효과라 불릴 만큼 광고 효과는 엄청 났다. 17%이던 시장 점유율이 무려 27%까지 오르는 기적을 연출했다. 반면 맑은이슬은 40%가 넘던 시장 점유율이 32%까지 곤두박질치고 말았다.

로데 주류 측에서 송지유의 일거수일투족을 신경 쓰고 눈치를 볼 수밖에 없는 상황이었다.

"네, 괜찮아요. 덕분에 팬분들도 가까이서 만나보고 나쁘지 않았어요."

"역시 갓 지유. 여왕님은 관대하다니까."

김은정이 엄지를 척 들어 보이다가 얼른 손을 감췄다. 송지유가 흘겨보고 있었기 때문이다.

그리고 덕분에 어색하던 분위기가 풀어졌다. 정아라가 웃음을 흘리며 입을 열었다.

"첫 행사부터 대박이 터졌어요. 저희가 예상한 것보다 훨씬 많은 사람들이 행사장을 찾은 것 같아요. 저기 보이시죠? 행사장 밖에도 사람들이 있어요."

미처 행사장으로 들어오지 못한 사람들이 외곽 지역에 진을 치고 있었다.

"저분들은 어떻게 해요?"

송지유가 물었다.

"걱정 마세요. 프로모션 싱품도 꼼꼼하게 챙겨 드릴 테니까요. 그리고 행사장 밖에 대형 스크린도 설치했으니까 행사장에 들어오지 못하신 분들도 지유 씨를 볼 수 있어요."

"그렇다면 괜찮아요."

그제야 송지유가 마음을 놓았다.

오후 4시 정각이 되자마자 송지유가 무대 위에 올라갔다. 송지유를 기다리고 있던 사람들이 엄청난 환호성을 보내왔다.

송지유가 손을 흔들었다.

"안녕하세요! 송지유입니다! 정말 오랜만에 팬분들을 만나 뵙네요! 제가 보고 싶으셨나요?"

"보고 싶었습니다, 여왕님!"

남성 팬들이 발악을 하며 대답했다.

송지유가 환하게 웃자 또 행사장이 난리가 났다. 행사장 이곳저곳에 소위 대포라 불리는 고가의 카메라들이 자리를 잡고 있었다. 개나리 색깔 티셔츠를 입고 있는 것을 보니 송지유의 팬들 같았다.

"혹시 오늘 저녁에 술 약속 있는 분 있어요? 손 들어보실래요?"

"저요!"

"접니다! 저도 약속 있습니다!"

"언니! 저요!"

남녀노소 누구 할 것 없이 많은 사람들이 손을 들었다. 그 중에서 가장 열렬한 반응을 보인 20대 초반의 젊은 남자 한 명을 송지유가 가리켰다. 그러자 로데 주류의 직원이 서둘러 그 청년을 무대 위로 올렸다.

　무대로 올라온 청년은 고개를 들지 못했다.

　"제가 싫으세요?"

　"아, 아, 아닙니다! 그게… 떨, 떨려서……."

　청년이 얼굴을 붉히고 우물쭈물하며 말을 더듬었다. 행사장에 있는 모든 사람들이 웃음을 터뜨렸다.

　"저랑 한잔하실래요?"

　"여, 영광입니다!"

　마이크를 통해 청년의 목소리가 쩌렁쩌렁하게 울려 퍼졌다. 직원들이 서둘러 작은 테이블을 세팅했다. 과일 안주와 오늘처럼 한 병, 그리고 소주잔 두 개가 빠르게 준비되었다.

　송지유가 먼저 의자에 앉았다.

　"뭐 하세요? 앉으세요."

　"네, 네!"

　청년이 송지유의 맞은편에 앉았다. 여전히 송지유를 똑바로 쳐다보지도 못하고 있었다. 송지유가 먼저 청년의 잔에 소주를 채워주었다.

　"저도 한 잔 주세요."

청년이 덜덜 떨리는 손으로 송지유의 잔을 채워주었다.

"이제 뭐 해야 할 것 같아요?"

송지유가 물었다. 청년이 얼떨떨한 얼굴을 했다. 행사장에 모인 사람들은 이미 다음에 벌어질 일을 알고 있었다.

현우도 그 모습을 재미있게 지켜보고 있었다. 첫 공식 행사임에도 송지유는 전혀 떨지 않았다. 진행부터 모든 걸 혼자 해내고 있었고, 행사장에 모인 팬들은 물론 일반 사람들도 벌써 송지유에게 푹 빠져 있는 상태였다.

"여러분! 하나, 둘, 셋 같이해 주실 수 있죠?"

"네!"

송지유가 소주잔을 들었다.

"하나! 둘! 셋!"

사람들이 한목소리로 신호를 보냈다.

"당연히 첫 잔은 원 샷이겠죠?"

"아!"

송지유의 애교 섞인 한마디에 청년이 넋을 놓았다.

"언제까지 어깨춤을 추게 할 거야?"

송지유가 어깨를 들썩이며 콧노래까지 흥얼거렸다.

"마셔라! 마셔라!"

사람들이 한목소리로 송지유가 만들어낸 유행어를 따라 했다. 결국 청년이 발그레한 얼굴이 되어 소주잔을 원 샷으로

비워냈다.

"연예인은 다르네요. 지유 씨는 무대 위에 오르기 전이랑 지금이랑 비교해 보면 완전히 다른 사람 같아요. 신기해요. 어떻게 저럴 수 있죠?"

정아라가 사람들을 휘어잡고 있는 송지유의 모습을 보며 감탄했다.

정아라의 칭찬에 현우도 어깨가 으쓱했다.

팬과의 소주 한잔 이벤트가 끝나고 두 번째 순서로 송지유가 과일 소주를 만들기 시작했다. 재료는 제철 과일이었다. 딸기 소주에 수박 소주, 오이 소주까지. 송지유가 과일 소주를 제조했다.

"여러분! 손!"

이번에도 역시 난리가 났다.

총 열 명의 사람이 당첨되어 직접 무대 위로 올라왔다. 그리고 송지유가 직접 제조한 과일 소주를 마시며 행복한 표정을 지었다.

1부 행사가 성공적으로 끝나고 20분 정도 휴식 시간이 주어졌다. 그사이 로데 주류 직원들은 행사장을 찾은 사람들에게 소소하게나마 경품을 나누어 주었다.

짧은 휴식 시간 동안 송지유는 간이 대기실 의자에 앉아 두 눈을 감고 있었다.

"오빠, 괜찮았어요?"

"최고였어. 확실히 지유 네가 친근하게 다가가니까 팬들도 더 좋아하던데?"

신비주의 전략은 아니었지만 송지유는 방송 노출뿐만 아니라 언론 노출도 적은 편에 속하는 연예인이었다. 그런 송지유가 직접 홍대 거리로 나와 팬들과 소통했다. 반응이 폭발적인 건 당연한 결과였다.

"발 아프지 않아?"

"조금. 근데 참을 만해."

"반창고 덧대줄게."

김은정이 서둘러 하이힐 안쪽에 투명 반창고를 덧대었다.

휴식 시간이 금방 지나가 버렸다.

2부 행사야말로 이번 행사의 하이라이트라고 할 수 있었다. 마이크를 들고 송지유가 다시 나타나자 또 환호성이 쏟아졌다.

2부 행사로 미니 콘서트가 시작되었다. 송지유가 작은 의자에 앉았다. 그리고 메가 히트곡인 '종로의 봄'을 부르기 시작했다.

지나가던 사람들까지 발걸음을 멈추고 행사장으로 몰려들었다. 송지유의 청아하고 아련한 음색이 수많은 사람들을 끌어당기고 있었다.

'종로의 봄'에 이어 '종로연가', 그리고 일본에서 불러 화제가 되었던 'Fly Me To The Moon'까지 송지유는 총 세 곡을 불렀다.

행사장은 어느새 콘서트장이 되어 있었다. 오후 5시 무렵, 푸르던 하늘엔 어느새 저녁노을이 지고 있었다.

"노을이 참 예쁘지 않아요?"

의자에 앉아 있던 송지유가 하늘을 올려다보았다. 조금씩 하늘이 붉은색으로 물들고 있었다.

"노을이 지는 날은 엄마 생각이 많이 나요. 항상 집 옥상에 올라가서 노을을 보시곤 했거든요."

적당한 취기까지 더해져 송지유의 얼굴로 그리움이라는 감정이 내려앉았다. 잠시 말없이 노을을 보던 송지유가 조용히 입을 열었다.

"여러분, 곧 제 정규 앨범이 나오는 거 알고 계시죠?"

"네!"

"엄마 생각도 나고 또 여러분이 저를 너무 좋아해 주셔서 보답을 해드리고 싶어요. 노래 한 곡 더 들려 드릴게요. 놀라실 거예요. 신곡이거든요."

그렇게 말한 후 송지유가 현우를 슥 쳐다보았다. 동의를 구하고 있는 것이다. 현우는 피식 웃으며 고개를 끄덕였다.

이제 곧 정규 앨범이 발매된다. 프로모션 행사에서 신곡을 살짝 보여주는 것도 나쁘지는 않겠다는 생각이 들었다.

신곡이라는 말에 정아라와 로데 주류 측 직원들 얼굴이 더욱 밝아졌다. 첫 프로모션 행사도 성공적이었는데 신곡까지 선을 보인다면 엄청난 홍보가 될 것이 분명했다.

"현우 오빠, 기타 가져다줄래요?"

기타라는 말에 행사장을 가득 채운 사람들이 감탄사를 내뱉었다. 현우는 황급히 대기실로 가서 클래식 기타를 가지고 무대 위로 올랐다.

"김현우 대표다!"

현우를 알아본 사람들이 환호성을 보내왔다. 송지유가 갑자기 현우에게 마이크를 건넸다.

"나는 왜?"

"제 팬들한테 인사하고 내려가요. 예의가 아니잖아요."

그 모습에 사람들이 웃음을 터뜨렸다. 현우가 어색한 얼굴로 마이크를 잡았다.

"음, 무형 이후로 마이크는 처음 잡아보네요. 김현우입니다. 지금 상당히 어색하네요."

격려의 박수가 쏟아졌다.

"이제 곧 지유 정규 앨범이 발매될 겁니다. 여러분이 기대하시는 활동도 많이 할 겁니다. 그리고 오늘 지유 팬 카페에서 정말 많은 분들이 와주셨습니다. 도움도 많이 주셨고요. 여러모로 정말 감사합니다. 그리고 보니 기자분들도 정말 많이 와주셨네요."

행사장 외곽마다 기자들이 진을 치고 있었다. 현우가 살짝 웃음을 머금었다.

"저희 어울림이 기자님들 속을 많이 태우는 편이긴 한데, 오늘은 제가 특별히 선물을 하나 드리겠습니다. 지유 앨범 발매 쇼케이스는 팬 미팅과 동시에 이루어질 예정입니다."

기자들이 수군거리기 시작했다. 그동안 어울림 엔터테인먼트의 눈치를 보느라 제대로 된 취재를 못 하고 있는 실정이었다. 그런데 이렇게 김현우 대표가 먼저 나서서 고급 정보를 전해준 것이다.

"그럼 마이크를 다시 지유한테 넘기겠습니다. 감사합니다."

박수를 뒤로하고 현우는 무대를 내려왔다.

송지유가 두 눈을 감고 서서히 감정을 잡았다. 그리고 클래식 기타 위로 새하얀 손을 살짝 올려놓았다.

"곡 이름은 낙엽편지이고 어쿠스틱 버전이에요."

기타 선율과 함께 송지유의 아련한 음색이 행사장으로 울려 퍼졌다. 행사장을 찾은 사람들도 송지유처럼 두 눈을 감고 '낙엽편지'에 빠져들기 시작했다.

바쁘게 기사를 써 내려가던 기자들도 잠시 손을 놓았다. 그리고 '낙엽편지'에 귀를 기울였다.

오늘처럼 프로모션 행사는 그야말로 초대박을 쳤다. 포털 사이트마다 벌써 송지유와 관련된 기사들이 수없이 올라와 있었다.

[여왕의 귀환! 오늘처럼 프로모션 행사 역대급 흥행]

[홍대 거리 일시 마비. 역시 갓 지유!]

[송지유, 국민 소녀가 돌아왔다!]

[정규 앨범 신곡 깜짝 공개한 송지유! 컴백 초읽기!]

어제 오후 홍대 거리에서 오늘처럼의 프로모션 행사가 개최되었다. 광고 모델 송지유가 오랜만에 공식 석상에 모습을 드러내었고, 프로모션 행사는 성공적으로 마무리되었다. 송지유는 한층 더 성숙한 매력을 보여주었을 뿐만 아니라 정규 앨범의 신곡까지 선보여 큰 반향을 일으켰다. 많은 기대만큼이나 우려를 낳은 송지유의 장르 전향이 어떤 결과로 매듭지어질지 대중들과 가요계 관계자들의 이목이 쏠려 있다.

—갓 지유가 드디어 돌아왔다! (공감 5,213/비공감 71)

—정규 앨범 역대급 앨범 될 듯. ㅋ (공감 4,994/비공감 87)

—아, ㅠㅠ 프로모션 행사 갈걸. ㅠ (공감 4,750/비공감 95)

—프로모션 행사 간 사람들 겁나 부럽네. (공감 4,665/비공감 88)

―여러분! 신곡 영상 보고 오세요! 미쳤습니다! (공감 4,609/비공감 44)

　―하, 여왕님 덕분에 당분간 행복하겠어! ㅋㅋ (공감 4,587/비공감 56)

　대중들의 반응은 폭발적이었다. 마치 모든 사람들이 송지유를 기다리고 있던 것 같았다.

　주요 커뮤니티에서도 오늘처럼 행사장에서 찍힌 송지유의 사진과 움짤들이 큰 화제를 낳고 있었다. 가장 많은 글이 올라오고 있는 곳은 역시 송지유의 팬카페인 SONG ME YOU라고 할 수 있었다.

　63401 우리 꽃 프로모션 행사 고퀼 사진&움짤. [송지유 사진사1]

　―눈 정화하고 갑니다. [파송송지유]

　―하루의 스트레스가 풀리네요. 꽃 지유 최고! [지유=갓]

　―여왕님, 여왕님. 아름다우십니다. ㅠㅠ [얼굴천재지유]

　―어찌하여 더 예뻐지신 겁니까? [송대표지유]

　―퍼갑니다! 핸드폰 배경 화면으로 고고! [말년병장송지유]

　―오! 사진사 형님이 먼저 올리셨네요. 저도 곧 업로드합니다! [송지유 사진사2]

—얼른 더 올려주세요., 현기증이… ㅠ [세젤예지유]

63445 프로모션 행사 참가 후기 [얼굴천재지유]

네, 접니다. 얼굴천재지유. 어제 사장님과 직원들을 이끌고 홍대를 찾았습니다. 벌써 많은 팬분이 와 계시더군요. 서로 개나리 색깔 티셔츠 보고 알아본 게 함정이긴 하지만 ㅋㅋ 어쨌든 기사나 다른 팬분들이 올려주신 사진들 보셔서 알겠지만 사람들 정.말. 많았습니다. 우리 여왕님의 인기를 실감할 수 있었죠. ㅋㅋ 사람들이 몰려들어서 현장에 출동한 팬분들이 힘을 합쳐 새 호박 마차를 호위했습니다. 김현우 대표님이 신형으로다가 잘 뽑으셨더군요. 팬들을 대표해 감사 인사를 드리겠습니다. 그리고 저희들은 여왕님을 행사장까지 호위해 드렸습니다. 근데 여러분, 정말 감동을 받았던 게 그 혼란스러운 상황에서도 여왕님은 저희들에게 친히 인사까지 해주셨습니다. 정말이지 ㅠㅠ 감동이었네요. 프로모션 행사도 너무 재밌었고 신곡도 정말 좋았습니다. 제가 장담하는데 이번 앨범, 대박입니다, 대박! 마지막으로 김현우 대표님, 감사합니다. 팬 미팅 꼭 참가하고 싶습니다.

후기 글 밑으로 댓글이 끝도 없이 달려 있었다. 그리고 송지유가 턱을 괸 채로 살짝 미소 짓고 있었다.

"오빠, 우리 팬들 정말 귀엽지 않아요?"

"귀엽기는 한데 박 팀장님 덩치를 떠올리면 나는 좀 그렇다."

"왜? 어때서요? 귀엽기만 한데."

송지유가 눈을 흘겼다. 현우가 픽 웃으며 대표실 의자 뒤로 몸을 묻었다. 긴장감으로 인해 굳어 있던 근육이 풀어지며 전신이 노곤해져 왔다.

"후우, 그래도 일단 큰 산 하나는 넘었어. 대중들이랑 팬들이 이렇게까지 좋아할 줄은 몰랐는데 말이야. 문제는 음악 좀 아신다는 분들인데……."

대중들과 팬들의 반응은 생각한 것보다 더 열광적이었다. 하지만 아직도 음악 평론가들은 송지유의 장르 전향에 부정적인 시선을 가지고 있었다.

장성률 같은 싱어송라이터들이 이미 송지유를 인정한 마당에 음악 평론가들의 시선이 뭐 그리 중요하겠냐고 할 수도 있겠지만, 생각보다 그 파장이 작지 않았다.

대한민국 유명 음악 평론가 중 한 명인 최희준의 칼럼이 벌써 큰 이슈가 되고 있었다. 그리고 시간이 지남에 따라 점점 여론이 이상한 쪽으로 흘러가기 시작했다.

[우리가 알던 국민 소녀는 어디로 갔을까?]

음악 평론가 최희준입니다. 뮤직살롱 37번째 칼럼입니다. 어제 우리가 알던 국민 소녀가 정규 앨범에 실린 신곡을 발표했습니다. 장르 전향을 발표한 무대에서 부른 그 노래였습니다.

우리 모두 국민 소녀가 어떤 곡을 들고 돌아올지 기대하고 있었습니다. 저는 행사장 그곳에 서 있었습니다. 기타를 들고 나타난 국민 소녀. 행사장에 모인 사람들은 즐거워했고, 그녀의 노래에 귀를 기울였습니다. 하지만 그곳에서 저는 외로움을 느꼈습니다. 국민 소녀의 노래를 통해 한국 발라드 음악의 전성기이던 그때 그 시절의 향수를 느낄 수 있었지만, 그것은 그때의 향기가 아니었습니다. 그 시절 그때의 감성을 스무 살 소녀에게 기대하는 것은 무리였을까요? 대중들만큼이나 많은 음악인들이 그녀의 행보를 주시하고 있습니다. 우리가 알던 국민 소녀는 어디로 갔을까요?

 "재밌는 칼럼이네요."
 속이 상할 법도 했지만 송지유는 오히려 담담했다. 하지만 현우는 기분이 좋지 못했다. 최희준의 칼럼에 이어 몇몇 음악 평론가도 비슷한 논조의 칼럼을 게재하고 있었다.
 '뻔하다', '그 시절의 감성을 흉내만 냈다', '발라드는 이제 더 이상 통하지 않는다'는 견해가 주를 이루고 있었다.
 어이가 없었다. 송지유가 오늘처럼 프로모션 행사에서 공개한 '낙엽편지'는 고작 1분 정도를 잠깐 불렀을 뿐이다. 무엇보다도 장성률의 손을 통해 완성된 편곡 버전도 아니었다. 가요 무대에서 부른 원곡의 느낌을 살려 송지유가 어쿠스틱 버전으로 잠깐 보여준 것이 전부였다. 그런데도 소위 엘리트라고 칭할 수 있는 음악 평론가들이 일부분만을 들여다보고 대중들을 자극하고 있었다.

　─WE TUBE에서 봤는데 난 그저 그랬는데. (공감 3,108/비공감 3,455)
　─잘나간다고 오버한 듯. 판단 미스? (공감 2,947/비공감 3,048)
　─사실상 종로의 봄이 송지유 최초이자 최고의 히트곡. (공감 2,737/비공감 2,921)

　수많은 대중이 음악 평론가라는 권위 아래서 극장의 우상을 범하고 있었다. 그리고 마치 그 극장의 우상이 사실이라는 듯 점점 여론이 바뀌고 있었다.
　"이것 때문에 팬 미팅을 열면서 쇼케이스도 같이하자고 한 거예요, 오빠?"
　"맞아. 사람들은 원래 자기가 직접 보지 않는 한 제대로 된 평가를 내리기 힘든 동물이니까."
　"그래서 어떻게 할 건데요?"
　"말 그대로야. 직접들 와서 봐야지."
　현우의 말에 송지유가 눈을 동그랗게 떴다.
　"음악 평론가들을 초대했어요?"

"응. 이번에는 기자들도 전부 불렀어."

음악을 좀 안답시고 스무 살밖에 되지 않은 소녀에게 가혹하게 펜을 든 그들이다. 송지유를 단순히 트로트 아이돌로 치부하는 음악 평론가들에게 현우는 당당하게 증명해 보이고 싶었다.

"혀, 현우야!"

그때 손태명이 대표실 문을 벌컥 열고 들어왔다. 손태명은 잔뜩 상기된 얼굴이었다.

"왜? 무슨 일인데?"

"지유 팬 미팅, 전석 매진이다."

"뭐? 벌써?"

대표실 의자에 몸을 묻고 있던 현우가 벌떡 일어섰다.

"잘못 본 거 아냐? 장충체육관이야. 좌석만 6,000석이라고, 태명아."

"진짜라니까!"

현우는 급히 노트북으로 확인했다. 정식 콘서트도 아니고 징규 앨범 쇼케이스 겸 팬 미팅에 불과했다. 그런데 6,000석이 5분 만에 매진이 되어버렸다.

새삼 놀란 얼굴로 현우가 송지유를 쳐다보았다. 커피 빨대를 입에 물고 있던 송지유가 현우의 시선을 느끼고 고개를 들었다.

"왜요?"

"진짜 갓 지유네, 갓 지유."

"몰랐어요, 나 갓 지유인 거?"

송지유의 말에 현우는 피식 웃고 말았다.

*　　　　*　　　　*

장충체육관 전석이 송지유의 팬들로 가득 들어차 있었다. 현우는 홀로 무대 뒤편에 서서 한참 동안 관객석을 바라보고 있었다. 무형 때 이미 수만 명의 관객 앞에서 노래를 해본 적이 있지만 그때와는 달랐다. 6,000여 명의 사람들이 오로지 송지유를 보기 위해 이곳을 찾았다. 감회가 남다를 수밖에 없었다.

그리고 오늘 이곳으로 소위 말하는 권위 있는 음악 평론가들을 대거 초대했다. 자존심이 상했는지 여덟 명의 음악 평론가는 단 한 명도 빠지지 않고 현우의 제안을 받아들였다.

어느새 모든 준비가 끝났다.

개나리색의 원피스를 곱게 차려입은 송지유가 무대 위로 올랐다. 단풍 색깔 조명들이 일제히 켜지며 무대를 환하게 밝혔다.

송지유가 환하게 웃으며 손을 흔들었다.

"여러분! 안녕하세요? 우리 오랜만이죠?"

관객석에서 뜨거운 환호성이 터져 나왔다. 개나리 색깔 야광봉이 관객석을 수놓기 시작했다. 쇼케이스를 담기 위해 장충체육관을 찾은 기자들이 일제히 플래시를 터뜨렸다.

계속해서 손을 흔들어주던 송지유가 무대 한쪽을 바라보았다.

"여러분, 오늘 제가 손님 한 분을 초대했거든요? 누군지 맞혀보실래요?"

관객석에서 여러 이름이 흘러나왔다. 송지유의 눈가가 초승달처럼 휘어졌다.

"맞히신 분들이 꽤 많네요. 그러면 불러볼게요. 훈민 오빠!"

"하하하! 내가 돌아왔다!"

호탕한 웃음과 함께 정훈민이 턱시도를 입고 나타났다. 과한 옷차림에 팬들이 웃음을 터뜨렸다.

"아니, 여러분! 내가 웃깁니까? 이 턱시도, 현우 대표랑 지유가 맞춰준 겁니다! 비싼 거라니까요?"

"근데 이렇게 보니까 괜히 사준 거 같아요."

"야, 송지유! 너 이거 환불 못 해. 이미 상표 떼서 버렸거든?"

"그 상표, 제가 가지고 있거든요?"

"와, 현우야! 얘 좀 진짜 어떻게 해봐라! 못 본 사이에 더 세졌어!"

정훈민이 무대 아래에 있는 현우를 보며 억울해했다. 현우가 어깨를 으쓱하며 고개를 저어 보였다. 그 모습에 팬들이 또 자지러지게 웃었다.

"오빠, 그냥 즐겨요. 지금 우리 팬들 재밌어하는 거 안 보여요? 오늘이 아니면 웃길 일도 별로 없는 사람이잖아요."

"지유야, 나 요즘 잘나가! 내가 말만 하면 빵빵 터진다고!"

"내 덕분이죠?"

"아니지. 내 덕분에 네가 지금 이렇게 성공한 거지."

팬들이 장난삼아 '우우!' 하고 야유를 보냈다. 송지유는 킥킥 웃었고, 정훈민은 관객석을 보며 눈을 부라렸다.

"오늘 지유 팬 미팅이라더니 이거 내 편은 하나도 없네, 없어! 현우야, 나 좀 도와주라!"

기다렸다는 듯 현우도 고개를 돌렸다. 또 팬들이 웃음을 터뜨렸다.

팬 미팅 겸 쇼케이스였다. 좀처럼 볼 수 없던 송지유의 장난기 넘치는 모습에 팬들이 즐거워하고 있었다. 관객석을 바라보고 있는 현우의 입가로 미소가 지어졌다.

그러다 현우의 시선이 VIP석으로 향했다. 최희준을 비롯해 대한민국에서 내로라하는 음악 평론가들이 마음에 들지 않는다는 얼굴로 무대를 보고 있었다.

"많이들 불편하신 모양이다, 태명아."

"애초에 불편한 초대를 받고 온 분들이잖아. 마냥 편하지는 않겠지."

"마치 여덟 명의 심사위원을 보는 것 같은 기분이야."

"심사위원? 그러고 보니 그러네. 지유도 참 안된 것 같아. 뭘 해도 사람들의 평가를 받아야 하잖아."

"탑스타로서의 무게인 거지. 다행히 잘 견디고 있고. 그리고 지유가 무너지지 않도록 우리가 최선을 다해야지."

현우는 무대 위에 올라 있는 송지유에게서 눈을 떼지 못했다. 바로 앞에 여덟 명이나 되는 음악 평론가들이 있었지만 송지유는 전혀 신경 쓰지 않고 있었다. 송지유의 관심은 오로지 팬들에게 향해 있었다.

팬 미팅답게 소소한 이벤트가 진행되었다.

"지유 팬 여러분! 지유가 여러분을 위해서 선물을 준비했다고 하는데요?"

"오오!"

팬들이 탄성을 내질렀다. 송지유가 옅게 웃었다.

"대단한 선물은 아니에요. 실망하실 수도 있는데……."

송지유의 우려에도 팬들은 여전히 신이 나 있었다. 송지유가 가지고 온 에코백에서 주섬주섬 무언가를 꺼냈다. 그리고 뒤쪽 스크린으로 송지유가 준비한 선물들이 확대되었다.

"곧 가을이잖아요. 책갈피예요. 제가 직접 그리고 디자인했어요."

"호박 마차다!"

팬들이 입을 모아 소리쳤다. 송지유가 도리도리 고개를 저었다.

"호박 마차 아니거든요! 봉봉이랑 봉식이에요!"

구형 승합차 봉봉이와 신형 밴 봉식이가 캐릭터처럼 익살스럽게 표현되어 있었다.

"오늘 팬 미팅 끝나면 꼭 제 선물 받아가세요. 아셨죠?"

"네에!"

팬들이 한목소리로 송지유의 정성에 화답했다.

그리고 애장품을 나누어 주는 이벤트가 시작되었다. 송지유가 커다란 상자에서 번호가 적힌 공을 뽑아 들었다.

"자자! 177번 팬 누굽니까?"

정훈민의 말에 저 멀리 관객석에서 누군가가 손을 번쩍 들었다. 진행 요원들의 안내를 받아 덩치가 곰 같은 남자가 무대 위로 올라왔다.

"박 팀장님 아니세요?"

송지유가 웃음을 머금으며 물었다. 박 팀장이 고개를 연신 끄덕거렸다.

"여러분, 성공한 팬 얼굴천재지유입니다! 하하하!"

"우우!"

팬들이 장난과 질투가 반반씩 섞인 야유를 보내왔다.

"박 팀장님, 축하드려요."

송지유가 웃음을 참으며 바구니 하나를 건넸다. 바구니를 들여다본 박 팀장이 신이 나서 커다란 플로피 햇을 머리에 썼다.

송지유의 눈매가 가늘어졌다.

"그 모자, 여자가 쓰는 건데 여자 친구 없으세요?"

"예, 예?"

정곡을 찌르는 말에 박 팀장이 웃다 울상이 되었다.

"저한테는 지유 님이 전부입니다! 여왕님 만세!"

"스토커다! 끌어내!"

팬들이 박 팀장을 놀려댔다. 결국 송지유가 입을 가린 채로 웃음을 터뜨렸다. 그 후로도 송지유는 아낌없이 애장품들을 내놓았다. 스무 명이나 되는 팬들이 송지유의 애장품을 가져가는 호사를 누렸다.

"자, 그러면 여러분이 기다리던 두 번째 이벤트! '여왕님은 모르는 것이 없어' 시간입니다. 근데 이거 작명 누가 했냐?"

"태명이 오빠가요."

"아, 그 진지하고 재미없는 친구?"

정훈민의 말에 팬들이 또 웃음을 터뜨렸다. 송지유의 팬들에게 손태명은 성실하고 진지한 청년 실장으로 각인되어 있었다.

행사 요원 한 명이 갑자기 마이크를 손태명에게 주었다.

"훈민 형님, 너무하시는 거 아닙니까? 제가 진짜 재미가 없어요?"

"어, 웃자고 한 소린데, 지금도 혼자 진지 빨고 있잖아. 안 그래, 현우야?"

이번에는 마이크가 현우에게로 넘어갔다.

"태명이가 원래 재미가 없잖아요. 형님이 이해하세요."

"너라면 뭐라고 말할 건데?"

"저요?"

현우가 잠시 고민했다. 하지만 1초도 안 되어 입을 열었다.

"사실 유포 죄로 고소하겠습니다, 정훈민 씨."

저번 기자회견을 떠올리는 현우의 멘트에 관객석에서 웃음이 터져 나왔다. 정훈민이 만족스러운 얼굴로 고개를 끄덕거렸다.

"좋아, 좋아. 아주 좋았어. 그럼 이제 진행을 해볼까요? 자, 먼저 첫 번째 질문!"

커다란 판에서 정훈민이 엽서 하나를 떼어내었다.

"가장 좋아하는 술은?"

"소주."

"엉? 소주?"

"네, 소주. 오늘처럼 소주가 제일 좋아요."

"그럼 가장 좋아하는 빵은 혹시 네덜란드 베이커리?"

"정답!"

네덜란드 베이커리도 송지유가 광고 모델을 하고 있는 브랜드였다. 송지유의 센스 넘치는 대답에 팬들이 박수를 보내왔다. 정훈민이 또 엽서 하나를 떼어냈다.

"가장 의지가 되는 사람은?"

"김현우!"

"오오!"

팬들이 그럴 줄 알았다는 듯 순순히 인정했다. 분위기가 묘해지려는 찰나 송지유가 또 말을 이었다.

"그리고 요즘 세 명 더 생겼어요."

"세 명이나? 혹시 그중에 나도 포함되나?"

"아닌데요?"

"섭섭하네. 그럼 대체 누군데?"

"한번 모셔볼게요! 선생님들!"

송지유가 무대 뒤편을 향해 애교를 부렸다. 순간적으로 조명이 꺼져 버렸다. 격투기장에서나 울려 퍼질 법한 웅장한 사운드와 함께 세 남자가 모습을 드러냈다.

순간 장충체육관이 침묵으로 물들었다. 팬 미팅 내내 똥 씹은 얼굴을 하고 있던 음악 평론가들도 눈을 부릅떴다.

"음, 다 늙어서 너무 주책이었나?"

예상 밖의 침묵에 최현이 머리를 긁적였다.

"뜬금없기는 한데, 성률아, 뭐였더라?"

김동철이 장성률에게 물었다. 장성률이 한숨을 푹 내쉬며 마이크로 입을 가져갔다.

"여러분, 오랜만입니다. 장성률입니다. 그리고 이건 제 의지가 아니고 두 형의 의지였습니다. 후우, 우리는 송지유와 아이들입니다!"

장성률의 대찬 선언에 최현과 김동철이 끅끅 웃음을 흘렸다. 팬들 역시 파안대소했다.

하지만 음악 평론가들은 미치고 팔짝 뛸 지경이었다. 한국 발라드계의 전설적인 싱어송라이터 장성률이 아무렇지도 않게 농담을 하고 있다.

"이건 도저히 있을 수 없는 일이야! 천하의 장성률이! 장성률이!"

음악 평론가들은 도저히 믿지 못하겠다는 표정을 하고 있었다.

하지만 지금의 상황은 명백한 현실이었다.

김동철이 장성률로부터 마이크를 받았다.

"생각한 것보다 반응이 좋은데요? 이참에 송지유와 아이들로 진짜 데뷔나 할까요? 어떻습니까?"

"와아아!"

팬들이 환호성으로 대답을 대신했다. 김동철도 손을 들어 팬들의 환호에 화답했다. 그리고 최현에게 마이크를 넘겼다.

"저희들이 갑자기 깜짝 등장해서 지유 팬 여러분이 궁금할 게 많을 겁니다."

관객석에서 송지유의 팬이 아니냐는 말이 쏟아졌다. 최현이 장성률을 보며 작게 웃었다.

"성률이는 SONG ME YOU의 정회원일 겁니다. 맞지?"

"닉네임은 공개하지 않겠습니다."

장성률이 쓰게 웃으며 말했다. 그 유명한 장성률이 송지유의 팬카페 회원이라는 사실에 팬들은 난리가 났다.

"서두가 길어지고 있네요. 간단하게 저희가 이곳에 나타난 이유를 말씀드리겠습니다. 이번 송지유 정규 앨범 1집은 저희 셋이 작업했습니다."

"오오!"

팬들이 크게 놀라워했다. 근래에 들어서는 활동이 뜸한 가수들이지만 이들이 쌓아놓은 음악적 명성과 업적은 대단했다. 그런데 이들이 송지유의 정규 앨범을 만들었다고 말하고 있다.

비밀리에 앨범 작업을 진행해 왔기에 최현의 발언은 큰 파장을 몰고 왔다. 기자들이 정신없이 사진을 찍으며 기사에 쓸

내용을 정리하기 시작했다. 그리고 더 놀란 쪽은 최희준을 비롯한 음악 평론가들이었다.

이번에는 장성률이 마이크를 잡았다.

"음악적인 고민을 오랜 시간 해왔습니다. 뭐랄까. 더 이상 음악을 하는 게 즐겁지가 않았습니다. 기다려 주시는 분들을 위해서 의무적으로 곡을 발표했다는 생각이 들었고 죄책감도 심했죠. 그래서 점점 여러분을 만나는 시간도 줄어들어간 것 같습니다. 타성에 젖었다. 네, 이 표현이 가장 정확할 것 같습니다. 동철이 형이나 현이 형도 저랑 별반 다르지 않을 겁니다."

김동철과 최현이 조용히 고개를 끄덕이며 수긍했다. 그나마 장성률이 이삼 년에 한 곡 정도 발표를 했을 뿐, 김동철과 최현은 사실상 은퇴에 가까운 수준이었다.

관객석의 팬들이 장성률의 자기 고백에 조용히 귀를 기울여 주었다.

"음악이 즐겁지도 않음에도 곡을 발표한 건 저를 기다려 주시는 분들을 위한 책임감이기도 했지만 음악을 좋아하는 한 사람으로서의 책임감도 있었습니다."

팬들도 장성률의 말에 공감했다. 한국 가요계는 다양한 음악 장르가 공존할 수 없는 생태계를 가지고 있었다. 댄스와 R&B 등 대세 장르를 조금이라도 벗어나면 언더그라운드 음악, 혹은 언더그라운드 가수라 불리기 십상이었다. 대중들은 잘 인지하지 못하고 있었지만 이건 엄연한 음악적 자유의 침해나 마찬가지였다.

"저 또한 현실과 부딪쳐 방관하고 있던 비겁한 음악인에 불과했습니다. 하지만 지유 씨를 보는 순간 한 명의 작곡가로서, 그리고 음악인으로서 메말라 있던 감정이 되살아났고 잊고 있던 악상도 떠올랐습니다. 해볼 수 있겠다 하는 자신감도 생겼습니다. 그래서 제가 이번 앨범을 먼저 지유 씨에게 제안했고, 다행히도 지유 씨가 저의 제안을 받아들여 줬죠. 지유 씨와 함께 작업하면서 오랜만에 즐거운 한때를 보낼 수 있었던 것 같습니다. 그리고 오늘부터는 이곳을 찾아주신 팬 여러분뿐만 아니라 음악을 좋아하는 모든 분들이 지유 씨를 통해 즐거운 한때를 보내셨으면 하는 바람입니다."

팬들이 박수를 보내왔다. 숙연해진 분위기에 최현이 입을 열었다.

"이거 무슨 종교 집회 같잖아?"

최현의 농담에 팬들이 웃음을 터뜨렸다.

"저희들은 지유에게 거는 기대가 큽니다. 이렇게 말하면 부담되려나?"

김동철이 말을 하다가 송지유를 쳐다보았다. 송지유가 미소와 함께 괜찮다고 말했다.

"백문이 불여일견이라는 말이 있죠? 일단 들어보세요. 오랜 만의 무대라 떨리네."

김동철이 급히 마무리를 했다.

다시 단풍 빛깔 조명이 무대를 환하게 밝혔다. 무대 위로 클래식 피아노 한 대와 클래식 기타 한 대, 그리고 베이스 한 대가 준비되었다. 장성률이 클래식 피아노 의자에 앉았고, 김 동철과 최현이 각각 클래식 기타와 베이스를 잡았다.

송지유도 준비된 작은 의자에 앉았다. 송지유의 앞으로 작은 스탠딩 마이크가 세워졌다. 그리고 행사 요원이 송지유에 게 검은색 클래식 기타를 건네주었다.

"아, 아. 잘 들리죠, 여러분?"

"지유야, 기타도 확인해야지?"

김동철이 송지유에게 말했다. 송지유가 김동철에게 배운 대로 기타 줄을 튕겨보았다.

김동철이 손 모양으로 오케이 사인을 보냈다. 마치 오랫동 안 호흡을 맞춰온 것처럼 세 명의 싱어송라이터와 송지유는 편안한 분위기를 연출했다.

"첫 곡으론 낙엽편지부터 들려 드릴게요. 가요무대랑 홍대에서 들으신 원곡과는 느낌이 많이 다를 거예요. 장성률 선생님이 곡을 완성시켜 주셨고, 작사는 제가 직접 했거든요. 조금 떨리고 부끄럽기도 하지만 열심히 불러보겠습니다."

송지유가 팬들을 향해 작은 주먹을 불끈 쥐어 보였다. 박수가 쏟아지더니 차차 잦아들었다.

그렇게 앨범 쇼케이스가 시작되었다.

장성률이 먼저 피아노로 손을 가져갔다. 아련하고 잔잔한 피아노 연주에 팬들이 숨을 죽이고 귀를 기울였다. 전주가 절정에 달하자 최현의 베이스가 깊이를 더했다.

김동철의 클래식 기타 연주까지 어우러지자 잔잔하면서도 깊이 있는 선율이 팬들의 감성을 조금씩 파고들기 시작했다.

"오오!"

갑자기 팬들이 감탄사를 내뱉기 시작했다. 송지유가 눈을 크게 뜨며 주변을 살피기 시작했다. 그러다 어리둥절한 얼굴로 현우를 쳐다보았다.

"하하! 뭐 하고 있는 거야?"

현우는 어이가 없어 웃음이 나왔다. 손을 들어 현우가 뒤쪽을 가리켰다. 개나리 색깔 조명이 무대 뒤쪽의 거대한 스크린을 비춰주고 있었다. 그리고 스크린 속으로 송지유의 얼굴이 잡혀 있다. 팬들은 그 모습을 보고 감탄하고 있던 것이다.

송지유가 현우처럼 피식 웃다가 감정을 잡기 위해 다시 조용히 눈을 감았다.

잠시 두 눈을 감고 있던 송지유가 사르륵 눈을 뜨며 살며시 입술을 열었다.

그 밤, 그날의 우리를 떠올려요.

첫 소절을 듣자마자 사람들이 가슴이 아릿해짐을 느꼈다.

그 날, 가을밤의 우리는 사라졌지만,
눈을 감고 그날의 가을밤을 기억해요
떨어지던 빗소리
흩날리던 낙엽들
가로등 아래 그대 숨소리
그리고 그대 뒷모습

송지유가 잠시 숨을 내뱉었다. 그 작은 숨소리조차 노래의 일부분처럼 느껴질 정도였다.

그 밤, 그날의 편지를 꺼내봐요.

잔잔한 클래식 기타 선율이 마지막 소절의 여운을 더했다. 무대 아래에 있던 현우도 깊은 여운과 아쉬움을 느꼈다. 아쉬움이라는 갈증을 느낄 무렵, 송지유가 다시 입술을 떼었다.

그 밤, 그날의 편지를 당신은 기억하나요?
난 아직도 그날의 밤을 기억합니다
모든 것은 추억 너머로 사라졌지만,
멈춰 버린 빗소리
바스라진 낙엽들
가로등 아래 그대 흔적들
말없이 떠나던 그대 뒷모습

잔잔하고 속삭이는 듯했지만 노래를 듣고 있는 사람들의 감정은 절정에 달해 있었다. 그리고 송지유가 아련한 표정을 지으며 조용히 속삭였다.

그 밤, 그날의 편지를 꺼내봐요

송지유의 허밍이 사람들의 귓가를 맴돌며 노래가 잦아들었다. 장충체육관은 송지유가 남긴 감정의 파도로 물들어 있었다. 감성이 풍부한 팬들은 눈물까지 흘리고 있었다.

송지유 역시 감정의 파도에서 쉽사리 빠져나오지 못하고 있었다. 고개를 숙이고 감정에 잠겨 있던 송지유가 살짝 미소를 머금으며 팬들에게 손을 흔들었다.

"여러분, 감사해요!"

그리고 팬들의 함성이 장충체육관을 뒤흔들었다. 함성은 그칠 줄을 몰랐다.

그 모습을 지켜보던 현우는 절로 미소가 지어졌다. 등골이 짜릿하고 그 쾌감이 척추를 타고 정수리까지 치고 올라오는 것 같았다. 정규 앨범 작업을 위해 고생한 순간들이 주마등처럼 스치고 지나갔다.

그리고 그 보상은 송지유의 목소리만큼이나 달콤했다.

"현우야! 성공이다! 성공이야!"

손태명도 흥분을 감추지 못하고 있었다.

장성률과 송지유가 함께 완성시킨 '낙엽편지'는 단순히 곡만 좋은 것이 아니었다. 곡 자체로도 완성도가 매우 높았고 그 수준 또한 높았다. 그 반증으로 팬 미팅 내내 불편한 표정을 하고 있던 음악 평론가들도 기립박수를 보내오고 있었다.

*   *   *

타이틀곡 '낙엽편지'에 이어 송지유와 세 명의 싱어송라이터는 두 곡을 더 선보였다. 김동철이 작곡한 달달한 사랑 노래 '말예요'와 최현이 작곡한 정통 발라드풍의 '가을, 빗소리'가 최초로 공개되었다.

송지유의 음색을 입은 두 곡은 마치 살아 있는 감정의 매개체와도 같았다. 팬들은 송지유의 목소리에 때로는 사랑이라는 감정에 젖어들고, 때로는 슬픔이라는 감정에서 허우적거렸다.

현우는 왜 장성률 같은 아티스트들이 자신들의 뮤즈로 송지유를 낙점했는지 이제야 오롯이 깨달을 수 있었다.

송지유의 음색에는 다른 가수들이 쉽게 가질 수 없는 특별함이 있었다. 송지유의 음색은 듣는 사람들로 하여금 거부감 없이 그녀의 감정을 받아들이게 했다.

아무 생각, 감정 없이 송지유의 노래에 귀를 기울인다. 그러다 누구든 마음을 뺏기고 마는 것이다.

대기실 문이 열리고 녹초가 된 송지유가 들어왔다.

"오빠, 다녀왔어요."

김은정의 부축을 받아 송지유가 대기실 소파에 주저앉았다.

"괜찮았어요?"

늘 그랬듯 송지유가 먼저 현우에게 물었다. 현우가 고개를 끄덕거렸다.

"최고였어. 역대급 공연이었어. 팬들 봤지? 다들 너무 행복해했어."

"다행이네요. 오빠도 좋았어요?"

"당연하지. 태명이가 노래 듣고 눈물까지 흘렸다니까."

진짜 그러했다. 손태명의 코끝이 붉어져 있었다. 김은정이 그 모습을 보고 킥킥 웃음을 참고 있었다.

"물 주세요."

송지유가 소파 뒤로 축 늘어졌다. 현우는 얼른 생수병의 뚜껑을 열었다.

"먹여줘요. 손가락 하나 까딱할 힘도 없어요."

혹여나 물을 흘릴까 현우는 조심조심 물을 먹여주었다. 그리고 안쓰러운 얼굴로 송지유를 쳐다보았다.

내색은 하지 않았지만 송지유도 이번 정규 앨범에 대한 세상의 시선에 큰 부담을 가지고 있던 것 같았다.

하지만 송지유는 오늘 역대급 무대를 만들어냈다. 단순히 무대에서 노래를 부른 것이 아니었다. 무대 위에서 본인이 가지고 있는 모든 감정을 다 쏟아낸 송지유였다.

"오빠."

두 눈을 감고 있던 송지유가 조용히 입을 열었다. 현우와 손태명이 동시에 반응했다.

"왜?"

"응?"

"끝나고 회식은 소삼으로 해요."

"소, 소삼이 뭐야?"

손태명이 주변을 둘러보며 물었다.

"소주랑 삼겹살일걸."

현우가 피식 웃으며 송지유 대신 대답했다.

그때 대기실 문이 열리고 장성률과 김동철, 최현이 나타났다. 세 선생님도 성공적인 앨범 쇼케이스에 제법 상기되어 있었다.

소파에 기대어 있던 송지유가 얼른 자세를 바로 하고 자리에서 일어났다. 그리고 고개를 꾸벅 숙였다.

"오늘 정말 감사했습니다, 스승님들."

"스승? 하하하!"

최현이 박장대소했다.

"선생님보다는 스승님이 뭔가 어감이 더 딱딱 맞아떨어지네. 지유야, 그럼 앞으로 우리한테 꼭 스승님이라고 해라."

"네, 그럴게요, 스승님."

송지유도 웃음을 흘렸다. 그리고 세 스승의 뒤쪽으로 낯선 인물이 주춤주춤하며 끼어들 타이밍을 잡지 못하고 어색한 얼굴로 서 있었다.

현우는 대번에 그를 알아보았다. 음악 평론가 최희준이었다. 굳어 있던 얼굴을 풀고 현우가 먼저 손을 내밀었다.

"어울림 엔터테인먼트 대표 김현우입니다. 최희준 선생님 맞으십니까? 영광입니다."

현우의 정중한 악수 요청에 최희준이 더 미안한 얼굴을 했다.

"최희준입니다."

대기실로 잠시 침묵이 흘렀다. 최희준의 시선이 현우를 지나 송지유에게로 향했다. 솔직한 성격의 송지유였기에 현우처럼 살갑게 최희준을 대하지는 못했다.

머뭇거리던 최희준이 송지유를 향해 입을 열었다.

"지유 씨."

"네."

"제가 경솔했습니다. 사과드리겠습니다. 지유 씨는 우리나라 가요계를 한층 더 발전시키실 겁니다."

뜬금없는 게 꼭 무슨 고백 같았다. 송지유가 처음에는 고개를 갸웃했다. 그러다 송지유의 두 눈이 초승달처럼 휘어졌다.

"앨범에 사인해서 드려도 될까요, 선생님?"

"그, 그래요. 고마워요."

송지유로부터 친필 사인 앨범을 받은 최희준이 한결 편안해진 표정으로 대기실을 나섰다.

"호우! 다들 고생 많으셨습니다!"

정훈민이 편안한 옷차림으로 뒤늦게 모습을 드러냈다. 송지유가 눈살을 찌푸렸다.

"혼자 어디 갔다 왔어요?"

"배고파서 편의점에서 컵라면 하나 먹고 왔지. 아, 유명하신 분들도 계셨네. 정훈민입니다. 어릴 때 노래 진짜 많이 들었습니다. 하하!"

정훈민답게 붙임성이 좋았다. 송지유의 세 스승과 자연스럽게 인사를 주고받았다.

"현우야, 난 페이 없냐?"

"갑자기 무슨 돈 이야기를 꺼내요? 우리 도와주러 온 거 아니었어요?"

송지유가 정훈민으로부터 삼각 김밥을 빼앗으며 눈을 흘겼다.

"야, 지유야! 먹는 걸 뺏어가냐? 농담이지, 농담! 근데 나도 부탁 하나, 아니, 두 개만 하자. 별거 아냐."

"정말 별거 아니에요?"

"어. 아마 그럴걸."

정훈민의 목소리가 점점 잦아들었다. 현우가 피식 웃었다.

"오늘 훈민 형님이 도움을 주셨으니 저랑 지유도 보답을 해야죠. 언제든 불러만 주세요."

"지유 너는? 현우는 도와준다고 했고."

"알겠어요. 진짜 애 같아, 훈민 오빠."

"오케이! 녹음 완료!"

정훈민이 핸드폰을 들어 보이며 좋아했다.

그리고 그날 밤 자정 12시. 송지유의 정규 앨범 1집 '가을'이 드디어 대중들에게 공개되었다.

"현우야, 이거 현실이야? 진짜야?"

손태명이 믿을 수 없다는 표정을 하고 있다.

"말이 다 안 나오네."

오승석도 질렸다는 표정이다. 현우만 혼자 실실 웃으며 노트북 여러 대를 번갈아 확인하고 있었다.

대형 음원 사이트 코코넛과 여러 음원 사이트의 차트 1위 자리를 '낙엽편지'가 차지하고 있었다. 데뷔곡인 '종로의 봄'으로 차트 올킬을 기록한 적이 있는 송지유이다. 하지만 이번에는 그 이상의 결과가 나왔다.

장성률과 송지유의 '낙엽편지'가 차트 1위 자리를 올킬했을 뿐만 아니라, 김동철의 '말예요'와 최현의 '가을, 빗소리'가 2위와 3위를 차지하고 있었다. 오승석이 송지유 버전으로 편곡한 '소녀는 무대 위에'도 4위를, 그리고 '낙엽편지' 오리지널 버전이 5위를 차지하고 있었다. 6위와 7위는 최정민의 발라드 두 곡이, 마지막 8위에는 '낙엽편지' 클래식 기타 연주 버전이 자리를 잡고 있었다.

음원 차트 1등부터 8등까지를 송지유의 정규 앨범 '가을'이 소위 말하는 줄 세우기를 하고 있었다.

온라인과 오프라인에서 송지유 열풍이 다시 불고 있었다. 포털 사이트를 들어가기가 무섭게 기사들이 쏟아져 나왔다.

[송지유 컴백과 동시에 차트 올킬 달성!]

[국민 소녀의 음원 차트 줄 세우기! 메가톤급 컴백!]

[장성률, 김동철, 최현과의 콜라보 대성공!]

[가요계 전설들이 송지유를 위해 나섰다!]

[송지유는 어떻게 장성률의 뮤즈가 되었나?]

송지유의 장르 전향을 그저 단순한 관심 끌기용 이벤트로 생각하고 있던 음악 평론가들도 뒤늦게 앨범 분석과 곡 분석을 내놓으며 찬사를 보내오고 있었다. 특히 가장 부정적이던 최희준이 사과문에 가까운 칼럼을 내놓았고, 송지유의 친필 사인 앨범과 함께 찍은 셀카까지 공개했다. 나름 팬이 되었다는 인증까지 한 셈이다.

그리고 팬 미팅 겸 쇼케이스 영상도 WE TUBE에 공개되었다. SONG ME YOU의 송지유 사진사들이 고화질 영상을 손수 편집까지 해서 올린 것이다.

조회 수가 폭발적으로 올라갔다. 클래식 기타를 들고 노래를 부르는 송지유의 모습에 대중들이 열광했다.

"하하!"

WE TUBE에 공개된 팬 미팅 영상을 보다 현우가 크게 웃음을 터뜨렸다. 무대 스크린에 나타난 본인의 모습에 팬들이 함성을 지르는 줄도 모르고 어리둥절한 얼굴로 좌우를 살펴보는 송지유의 모습이 영상에 고스란히 남아 있었다.

　─원래 송지유 이렇게 귀여웠음? ㅋㅋㅋㅋ

　─여왕님치고 빈틈이 왜 이리 많아? ㅋㅋ

　─개 귀엽지 않아요, 여러분? ㅋㅋㅋㅋ

　─졸라 귀엽네!! ㅇㅈ?

　─송지유, 스무 살 맞네! ㅎㅎ

　─입덕합니다! ㅠㅠ

　─이러니 갓 지유를 좋아할 수밖에 없음. ㅋ

　─다음 팬 미팅 때는 무조건 가야겠다. ㅜㅜ

　차갑고 도도한 이미지로 인해 여왕으로 불리던 송지유이다. 그런데 팬 미팅에서 보여준 의외의 모습을 보고 대중들이 귀엽다며 뜨거운 반응을 보내고 있었다.

　정작 송지유 본인은 길게 한숨을 내쉬고 있었다.

　"왜? 창피해?"

　"바보 같잖아요. 진짜 바보 같아."

　"사람들은 귀엽다고 난리니까 괜찮아. 그리고 너, 은근히 허점 많은 거 알아?"

　"내, 내가요? 언제요?"

　"종종 그럴 때가 있어. 주차장에 밴 세워놓고 내가 마중이라도 가지 않으면 찾는 데 한참 걸리잖아."

"아니거든요. 이사한 지 얼마 안 돼서 그런 거잖아요."

"과연 진짜 그럴까? 너 길치잖아."

현우가 애써 웃음을 참았다.

"몰라요."

송지유가 눈을 흘기다가 다시 노트북을 보며 살짝 미소를 머금었다. 대중들이 폭발적인 반응을 보내오고 있었다.

송지유 역시 이번 정규 앨범을 두고 살짝 걱정했다. 하지만 음원을 공개한 지 하루도 안 되어 음원 차트를 올킬했고, 심지어 차트 줄 세우기까지 하고 있었다.

"내일부터 정신없이 바쁠 거야. 공중파 3사랑 케이블 음악 방송도 한 번씩은 싹 돌아야 하니까."

"그래도 설레요. 팬들도 가까이서 보고 음방은 MBS밖에는 서보지 못했잖아요."

"그렇긴 하지. 혹시 모르니까 목 관리 잘해. 할머님이 담그신 배즙이랑 도라지청 하루에 한 번씩 꼭 챙겨 먹고."

*   *   *

KBN, MBS, SBC 순서로 음악 방송 스케줄이 잡혔다.

금요일 KBN의 뮤직 차트가 송지유의 첫 음악 방송 컴백 무대가 되었다. KBN을 찾은 송지유를 맞이하기 위해 뮤직 차트의 메인 피디와 조연출, 작가진이 총출동할 정도였다.

토요일에는 MBS의 음악캠프에 출연했다. 이미 한 번 무대에 올라본 적이 있던 곳이다. 안면이 있는 마소진 피디가 현우와 송지유를 반갑게 맞아주었다. 그리고 저번 '종로의 봄' 무대 때와 마찬가지로 송지유를 위해 특별 무대까지 마련해 주었다.

돌풍이었다. KBN과 MBS의 음악 방송 첫 컴백 무대에서 송지유는 압도적인 점수를 자랑하며 1위 자리를 차지했다.

그리고 일요일. 마지막 공중파 음악 방송 스케줄이 SBC의 등촌동 공개홀에서 현우와 송지유를 기다리고 있었다.

초록색 밴이 공개홀 쪽 도로로 모습을 드러내었다.

"와아아!"

방청을 위해 줄을 서 있던 팬들이 별안간 환호성을 질렀다. 개나리 색깔 티셔츠를 입은 송지유의 팬들은 물론이고 다른 가수나 아이돌의 소녀 팬들까지 난리가 났다.

현우가 먼저 말을 꺼내기도 전에 송지유가 창문을 내렸다. 그리고 손을 흔들어주었다. 공개홀 부근이 떠나갈 듯 소녀 팬들이 기쁨의 비명을 질러댔다.

"진짜 지유 씨 인기가 장난이 아니네요?"

운전대를 잡고 있던 최영진이 혀를 내둘렀다. 사바나의 매니저로 활동했을 당시에는 한 번도 경험해 볼 수 없던 일들이 눈앞에서 벌어지고 있었다.

"종로의 봄 때도 장난 아니었어요, 영진 오빠."

"그래요, 은정 씨?"

다행히 안전 요원들의 지시에 따라 팬들이 길을 터주었다. 송지유가 연신 고맙다며 손을 흔들어준 까닭도 있었다.

"이게 다 뭐래요?"

김은정이 어느새 선물들로 가득 찬 밴을 둘러보며 놀랐다. 조그맣게 열린 창문 틈 사이로 송지유의 팬들과 소녀 팬들이 초콜릿부터 시작해서 과자, 음료수 등 갖가지 선물을 끝도 없이 넣어주었다.

"현우 오빠, 이 정도면 거의 편의점 수준 아니에요? 지유는 손 흔들라고 시키고 우리 강남이나 명동 같은 데 한 바퀴만 돌고 오면 안 될까요?"

"그럴까? 그거 괜찮은 생각인데?"

현우가 피식 웃으며 김은정의 농담을 받아주었다. 그사이 초록색 밴이 주차장에 세워졌다. 문을 열고 내리자마자 현우 일행을 기다리고 있는 사람들이 있었다.

열댓 명 정도가 서 있었다.

'메인 피디랑 조연출, 작가들 같은데… 이 사람들은 누구지? 제법 나이도 있어 보이는데?'

현우는 골똘히 생각에 잠겼다. SBC의 음악 방송 인기가요 톱 텐의 관계자라고 보기에는 제법 나이들이 있어 보였다.

"톱 텐의 담당 피디 권창현입니다. 여긴 조연출들이고 저희 작가들입니다."

"아, 예. 어울림 엔터테인먼트 대표 김현우입니다. 반갑습니다, 권 피디님, 그리고 제작진 여러분. 그런데……?"

현우의 시선을 받은 권창현 피디가 곤란한 얼굴을 했다. 그리고 그가 뭐라고 입을 열려는 찰나 잠자코 현우와 송지유를 살펴보고 있던 중년 그룹이 다가왔다. 그중 흰 머리가 섞여 있는 중년의 사내가 현우에게 불쑥 손을 내밀었다.

현우는 일단 손을 내밀어 악수를 받아주었다.

"허허, 김현우 대표님을 여기서 보게 되는군요. 그리고 송지유 씨는 정말 그 자체만으로도 빛이 나는 것 같습니다. 그렇지들 않나?"

"맞습니다, 국장님."

국장이라는 말에 현우의 눈동자가 빛났다.

"SBC 예능국 국장 박태식입니다. 우리 초면이죠? 허허."

"어울림의 김현우입니다."

현우는 박태식 국장과 명함을 교환했다.

"송지유입니다."

송지유도 고개를 꾸벅 숙이며 박태식 국장에게 인사했다.

예능국 국장이 친히 현우와 송지유를 마중 나왔다. 심지어 박태식 국장 옆에는 예능국 총괄 CP이자 부국장인 정홍규 피디까지 함께였다.

MBS의 이준영 피디가 스타 피디로 명성이 높았다면, SBC 예능국에는 노련한 정홍규 피디가 스타 피디로서 명성을 날리고 있었다.

'이 정도면 예능국 실세들이 다 모였다고 해도 과언이 아니야.'

SBC 측에서 어떤 의중으로 마중을 나왔는지 충분히 짐작할 수 있었다. 막대한 제작비를 투자해서 야심차게 기획한 'K—POP! 슈퍼 아이돌!'이 MBS의 '프로듀스 아이돌 121'에 압도적으로 밀리는 대참사가 벌어졌다.

20%를 넘는, 오디션 프로 역사상 가장 높은 시청률을 MBS의 '프로듀스 아이돌 121'이 기록을 했다면, 'K—POP! 슈퍼 아이돌!'은 겨우 4분의 1도 되지 않는 처참한 시청률을 기록했다.

사실상 조기 종영에 가까울 정도로 프로그램도 급히 끝이 나버렸다. 예능국을 중심으로 돌아가는 SBC 입장에서는 치명적인 상처가 되고 만 것이다.

그리고 그 예능국의 실세들이 지금 현우의 눈앞에 우뚝 서 있었다. 짧은 순간이었지만 국장 박태식과 총괄 CP 정홍규 피디는 현우를 파악하려 애쓰고 있었다.

"일단 대기실까지 같이 걸어가면서 이야기를 좀 합시다."

박태식 국장의 말이 떨어지기가 무섭게 인기가요 톱 텐의 제작진이 현우와 송지유를 대기실로 안내하기 시작했다.

"단독 대기실까지 내어주시는 겁니까?"

현우는 깜짝 놀랐다. 아무리 인기가 많다고 해도 송지유는 아직 데뷔 1년도 안 된 신인 가수였다. 그런데도 SBC 측에서는 단독 대기실을 준비해 놓고 있었다. 장성률 같은 아티스트급의 대우였다.

인기가요 톱 텐의 권창현 피디가 그다지 좋지 않은 얼굴을 하고 있던 것이 이제야 이해가 되었다. 송지유에게 단독 대기실을 주었다는 소문이 나면 다른 기획사에서 분명 권창현 피디에게 볼멘소리를 할 게 뻔했다.

"자자, 일단 앉아요, 앉아."

김은정과 최영진이 팬들로부터 받은 음료수와 과자, 선물을 잔뜩 들고 대기실로 들어왔다. 박태식 국장이 또 허허 웃었다.

"생각한 것만큼 지유 씨 인기가 정말 대단하군요. 아, 나랑 정홍규 CP도 지유 씨 음원 전부 다운로드했습니다."

박태식 국장과 총괄 CP 정홍규 피디가 친히 핸드폰으로 송지유의 음악까지 재생시키고 있었다.

"감사합니다."

송지유가 고맙다고 고개를 숙이자 박태식 국장이 흐뭇한

얼굴을 했다. 그리고 박태식 국장이 서서히 본론을 꺼내기 시작했다.

"김현우 대표, 오늘 우리 인기가요 톱 텐이 마지막 공중파 음방이라고 들었어요. 맞습니까?"

"예, 그렇습니다. 다음주에 N.NET 뮤직카운트를 끝으로 음악 방송 활동은 마무리할 겁니다."

송지유는 꾸준히 음악 방송에 나와 인지도를 쌓고 음원 순위를 올려야 하는 아이돌이나 가수들과는 차원이 다른 존재였다. 굳이 활동을 하지 않아도 음원만으로도 엄청난 인기를 구가할 수 있었다.

"음방 스케줄 이후로 공식 스케줄이 잡혀 있습니까?"

박태식 국장의 말에 현우가 희미한 미소를 머금었다.

표면적으로는 스케줄이 있냐고 묻고 있지만 박태식 국장을 비롯한 SBC 예능국 사람들은 지금 MBS를 겨냥해 질문하고 있는 것이다.

연예계만큼이나 방송국 간의 경쟁도 치열했다. 어울림 엔터테인먼트의 송지유란 존재는 시청률 보증수표나 마찬가지였다. MBS의 무모한 형제들도 송지유가 출연한 트로트 특집 이후로 시청률 고공 행진을 거듭하고 있었고, '프로듀스 아이돌 121'은 예능 최초로 일본 후지 TV에 수출까지 되었다.

예능국 국장과 총괄 CP까지 직접 마중을 나올 수밖에 없는 현실이었다.

현우는 고개를 저었다.

"아뇨. 아직 구체적인 공식 스케줄은 잡혀 있지 않습니다."

그 말에 박태식 국장과 정홍규 총괄 CP의 표정이 눈에 띄
게 밝아졌다.

"김 대표, 어울림도 우리 SBC랑 프로그램 하나 합시다."

박태식 국장이 단도직입적으로 미루고 있던 본론을 꺼내
들었다.

"프로그램이라면 구체적으로 어떤 프로그램을 말하시는 겁
니까?"

"기획안을 보여 드리죠."

정홍규 총괄 CP가 서둘러 기획안을 테이블 위로 올려놓았
다. 기획안의 겉표지를 보자마자 현우는 눈동자를 빛냈다.

'올 것이 왔구나.'

훗날 SBC의 간판 예능으로 인기와 명성을 동시에 거머쥔
유명 프로그램의 초기 기획안이 테이블 위에 떡하니 놓여 있
었다.

현우가 먼저 기획안을 읽어 내려갔다. 그런 다음 송지유에
게 기획안을 보여주었다. SBC 예능국 사람들이 초조한 얼굴
로 현우와 송지유의 눈치를 살폈다.

"다 읽었어요."

송지유가 기획안을 내려놓있다.

"어때요, 지유 씨? 김 대표님은 어떻습니까?"

정홍규 총괄 CP가 초조함 반 기대감 반 섞어 질문을 해왔다.

"지유 네 생각은?"

"저는 오빠가 하자는 대로 할래요."

송지유의 발언에 시선이 현우에게로 집중되었다. 잠시 생각하던 현우가 조용히 입을 열었다.

"긍정적으로 검토해 보겠습니다."

현우의 대답에 박태식 국장이 안도하며 기뻐했다. 그 모습을 보며 현우가 다시 말을 꺼냈다.

"대신 저희 어울림도 SBC 측에 부탁을 하나 하고 싶습니다."

"얼마든지 부탁해도 좋아요. 뭡니까, 김 대표?"

"조만간 프아돌 멤버들이 정식 데뷔를 할 겁니다. SBC에서도 저희 아이들이 공식 활동을 할 수 있도록 아량을 베풀어 주시기 바랍니다."

대기실로 무거운 침묵이 내려앉았다. 박태식 국장의 안색이 어두워졌다.

현우가 뜬금없이 이런 제안을 한 데에는 다 사정이 있었다. SBC 측에서 프아돌 데뷔 멤버들의 자사 방송 활동을 최대한 억제할 것이라는 이야기를 이준영 피디가 현우에게 해 준 것이다.

MBS 예능국 내에서는 이미 공공연한 비밀이라는 것이다.

당연했다. 두 방송사는 예능과 드라마 부분에서 오랫동안 치열한 경쟁을 거듭하고 있었다. 그리고 SBC의 'K─POP! 슈퍼 아이돌!'이 끔찍한 패배를 하고 말았다. 대중들의 조롱이 SBC를 향하고 있었다.

상황이 이러한데 프아돌 데뷔 멤버가 SBC의 프로그램에서 활동한다?

SBC 입장에서는 이보다 더한 굴욕이 없었다. 그래서 최대한 프아돌 데뷔 멤버의 활동을 자제시킨다는 방침이 SBC 예능국의 비밀스러운 입장이었다.

"젊은 대표가 꽤나 어려운 부탁을 하는군요. 이것 참."

박태식 국장이 정말로 곤란해했다.

"부담스럽다면 사양하셔도 상관없습니다."

진심이었다. SBC 측에서 거절한다면 당분간 MBS와 KBN에 프아돌 데뷔 멤버들을 출연시키면 그만이다.

박태식 국장이 잠시 생각에 잠겼다. 그러더니 드디어 입을 열었다.

"좋습니다. 시청자들이 원하는데 방송인 입장에서 그렇게 해야 어디에 쓰겠습니까? 대신 지유 씨는 우리 프로에 출연하는 것으로 결론을 내립시다."

SBC 예능국에서 한발 물러서며 양보했다. 현우는 속으로 쾌재를 불렀다. 혹시나 하고 던져본 딜이 성공적으로 마무리 되었다.

"예, 그럼 그렇게 하겠습니다."

SBC의 새 예능 프로그램에 송지유의 출연이 결정되었다. 그리고 덤으로 데뷔 멤버의 원만한 SBC 활동까지 보장받았다.

SBC 예능국 사람들이 훗날을 기약하고 대기실을 나갔다. 그들이 사라지자마자 최영진이 현우를 보며 감탄했다.

"형님, 안 떨리셨어요? 저는 예능국 국장님이랑 부국장님은 난생처음 봐서 엄청 떨었거든요. 근데 어떻게 하나도 떨지를 않으세요? 우리 아이들 출연 약속까지 받아내시고, 정말 감탄했습니다. 대단하세요, 형님."

"오빠, 좀 멋있어 보이는데요? 이제 진짜 대표님 같아요."

"은정아, 내가 언제는 대표 아니었냐?"

현우가 피식 웃었다.

송지유가 무대에 올랐다. SBC 측에서 작정했는지 송지유를 위해 특별 무대와 함께 무려 세 곡이나 부를 수 있도록 파격 대우를 해주었다. 송지유는 타이틀곡 '낙엽편지'와 김동철의 '말예요', 그리고 최현의 '가을, 빗소리'까지 연달아 세 곡을 소화하며 화려하게 무대를 꽃피웠다.

근처 식당에서 밥을 먹고 커피까지 마신 후 오늘의 스케줄을 마무리했다. 집으로 돌아가는 길, 어느새 날이 저물어 있었다. 송지유는 피곤했는지 김은정과 머리를 맞대고 잠이 들어 있었다.

드르륵.

현우가 핸드폰을 꺼내 들었다. 발신자는 정훈민이었다.

"네, 훈민 형님. 전화 받았습니다."

─저어, 김현우 씨 맞으십니까?

정훈민이 아닌 낯선 남자의 목소리가 들려왔다. 좌석 뒤로 몸을 묻고 있던 현우가 자세를 바로 했다.

"네, 제가 김현우입니다. 무슨 일이시죠?"

─정훈민 씨가 저희 가게에서 술을 드셨는데 좀 과했는지 많이 취하셨습니다. 매니저도 없으신 것 같고 아무래도 혼자서는 귀가를 못 하실 것 같습니다.

"그래요?"

─현우야, 형이다. 형 데리러 와라. 진짜 너무 힘들다, 힘들어. 너한테 할 이야기도 있어. 응? 빨리 와라, 현우야.

얼마나 취했는지 혀가 잔뜩 꼬여 있었다.

─오실 수 있습니까?

"네, 제가 바로 그리로 가겠습니다."

전화를 끊었다.

"영진아, 난 아무래도 훈민이 형님 데리러 가야 할 것 같다."

"저도 갈까요?"

"아냐. 지유가 많이 피곤할 거야. 집까지 데려다 줘야지. 나는 택시 타고 갈게."

초록색 밴이 도로변에서 잠시 멈추었다. 송지유가 깰까 조심스럽게 내린 현우는 곧장 택시를 잡았다.

4장

가을, 그 낙엽을 타고 II

택시 기사는 압구정 뒷골목 어귀에서 현우를 내려주었다. 현우는 고개를 들어 커다란 건물을 올려다보았다. 1층과 2층에 걸쳐 카페 형식의 위스키 바가 자리를 잡고 있었다.

잠시 숨을 고른 다음 현우는 문을 열고 안으로 들어갔다. 일요일 밤이라 그런지 손님도 몇 명 없었다.

"혹시 조금 전에 통화하신 김현우 대표님이신가요?"

"네, 맞습니다."

"그럼 이리로."

현우는 남자 직원을 따라 걸음을 옮겼다. 구석 테이블에 정훈민이 널브러져 있었다.

"감사합니다. 이제 가보셔도 됩니다."

남자 직원이 사라졌다. 현우는 맞은편 의자에 앉아 정훈민을 살펴보았다. 상당히 많이 취한 것 같았다.

"훈민 형님, 괜찮으세요?"

"왔냐?"

정훈민이 고개를 들어 현우를 쳐다보았다. 눈까지 풀려 있었다.

"내 동생 현우야, 형이 힘든 일이 있어서 술 좀 마셨다. 바쁜데 괜히 너까지 불러내서 미안하다."

"아뇨. 괜찮습니다."

"처음에는 몇 잔만 마시려고 했는데, 마시다 보니 훅 취해버렸네."

정훈민이 다시 위스키 잔으로 손을 가져가려 했다. 현우가 재빨리 잔을 치웠다.

"많이 취하셨어요."

"줘라. 나 같은 놈은 술이나 마시고 죽는 게 낫다, 현우야."

정훈민이 머리를 쥐어짜며 땅이 꺼져라 한숨을 내쉬었다.

"무슨 일인데요, 형님?"

"하아, 현우야, 나 돈 다 날렸다."

"네?"

현우가 눈을 크게 떴다. 평소 돈 쓰는 것에는 큰 취미가 없는 사람이 바로 정훈민이다. 정훈민에 대해 잘 알고 있었기에 현우는 지금의 상황이 쉽사리 이해가 되지 않았다.

"주식 하다가 다 날렸어. 빚만 지고 미치고 팔짝 뛸 지경이야. 내일 촬영도 잡혔는데 그리로 사람들 찾아올까 봐 무서워. 확 죽고 싶다, 현우야."

"……."

현우는 팔짱을 낀 채 생각에 잠겼다. 보통 세상 물정을 잘 모르는 연예인들이 가장 쉽게 당하는 사기 중 하나가 주식 관련 사기였다. 자세한 사정은 모르지만 현우는 사기를 당한 것이 아닐까 싶었다.

"당장 급한 돈이 얼마입니까?"

"어, 어?"

정훈민이 갑자기 크게 당황했다.

"말씀해 보세요."

"한 3, 3천?"

"문자로 계좌 보내주세요. 내일 아침에 바로 입금해 드릴 테니까요."

"현우야?!"

정훈민이 술이 확 깬 얼굴을 했다. 그런데 갑자기 다른 남자 직원 하나가 나타나 테이블 위로 계산서를 올려놓고 황급히 사라졌다.

계산서를 살펴보니 무려 200만 원이라는 금액이 찍혀 있었다. 현우가 푹 한숨을 내쉬며 말했다.

"이것도 제가 계산하겠습니다, 형님. 가시죠. 저랑 해장국이나 먹으러 가요."

"어? 해, 해장?"

정훈민이 얼떨떨해하며 당황하는 사이, 계산서를 갖다준 남자 직원이 테이블 의자에 앉았다. 그리고 현우를 빤히 쳐다보았다.

순간, 현우는 맥이 탁 풀려 버렸다. 어이가 없어 헛웃음이 나왔다. 남자 직원이 가발을 벗고 현우를 보며 웃었다. 갑자기 나타난 직원의 정체는 장지석이었다.

"이야! 현우야, 너 의리 있다? 진짜 훈민이 3천만 원 빌려주려고 한 거야?"

"감동이다, 내 동생아!"

정훈민이 언제 취했냐는 듯 벌떡 일어나 현우를 껴안았다. 뒤이어 KBN 로고가 달린 8㎜ 카메라를 들고 VJ가 나타났다. 현우는 계속 헛웃음만 흘렸다.

"지석 형님, 이거 몰래카메라였어요?"

"아니야. 몰래카메라는 아닌데 어쩌다 보니 이렇게 되었네. 훈민아, 갑자기 돈 이야기는 왜 꺼낸 거야?"

"아니, 현우가 먼저 돈 이야기를 꺼내니까 나도 그냥 장난으로 해본 거지. 근데 진짜로 현우가 빌려준다고 할 줄은 몰랐다."

그렇게 말하고 정훈민이 감동을 받은 표정으로 현우를 쳐다보았다. 그사이 2층에서 김민수가 잇몸 웃음을 흘리며 내려왔다.

"야, 현우야! 나도 5천만 해줘라! 엉? 하하! 농담이고, 일단 2층으로 가자."

"이거 설마 해피 프렌즈입니까?"

대충 상황 파악이 되었다. 장지석과 김민수는 KBN의 장수 예능 프로그램인 '해피 프렌즈'에 공동 MC로 출연하고 있었다.

"보고 싶다, 친구야!"

별안간 장지석과 김민수, 그리고 정훈민이 현우를 향해 외쳤다.

"진짜 이게 뭐예요? 진짜 큰일 생긴 줄 알고 얼마나 놀랐는지 아십니까?"

"미안, 미안하다. 일단 올라가자. 다른 게스트분들이 너 기다리고 있어."

장지석이 등을 두드리며 현우를 달랬다.

2층 카페로 올라가자 정말 '해피 프렌즈'의 녹화 현장이 펼쳐져 있었다.

현우는 슥 상황을 살펴보았다. '보고 싶다, 친구야!' 특집답게 다양한 분야의 연예인들이 자리하고 있었다. 비연예인은 현우가 유일했다.

제작진이 현우의 허리 뒤춤에 마이크를 달아주었다.

"괜찮겠어, 현우야?"

장지석이 물어왔다. 현우가 살짝 웃으며 고개를 끄덕였다.

"어차피 훈민 형님 부탁 한 가지 들어드리기로 약속한 게 있어서요. 이걸로 퉁 치죠, 뭐. 괜찮죠, 형님?"

"당연하지! 내가 너 때문에 기가 다 살았다니까!"

정훈민이 상기된 얼굴로 맞장구를 쳤다.

녹화에 들어가기에 앞서 현우는 옷매무새를 바로 했다. 송지유의 컴백 음악 방송에 맞춰 현우도 말끔하게 검정색 슈트를 갖춰 입은 상태였다. 넥타이까지 바로 한 다음 현우는 길게 숨을 골랐다.

그리고 본격적인 녹화가 시작되었다.

*　　　*　　　*

현우가 등장하자 장지석과 김민수 두 MC는 물론 게스트들과 그 지인들까지 박수와 함께 환호성을 보내주었다.

"자자, 그럼 김현우 대표님, 자기소개 부탁드리겠습니다."

장지석이 현우에게 방송 멘트를 날렸다. 현우가 카메라를 보며 입을 열었다.

"어울림 엔터테인먼트의 대표 김현우입니다. 얼떨결에 방송까지 출연하게 되었네요. 반갑습니다, 시청자 여러분."

박수가 쏟아졌다.

특히 여배우들이 흥미로운 시선으로 현우를 살피고 있었다. 김민수가 장지석에 이어 질문을 던졌다.

"김현우 대표님, 무모한 형제들에 출연하고 엄청 오랜만에 방송 출연하시는 거 아닙니까? 그렇죠?"

"네, 그렇습니다."

"본인이 화제의 중심에 놓여 있는 남자라는 건 알고 있죠?"

김민수 특유의 직설 화법이 튀어나왔다. 현우가 살짝 웃었다.

"엄밀히 말하면 지유랑 고양이 소녀들이 화제의 중심에 놓여 있는 거죠. 제가 화제의 중심에 놓여 있다는 말은 민수 형님한테 처음 듣는 거 같은데요?"

"아니야. 너, 화제라니까? 진짜야."

당황스러움에 김민수가 평소처럼 편하게 말했다. 그걸 보고 게스트들과 제작진이 웃음을 터뜨렸다.

"인기 많다니까. 여배우분들도 너 온다니까 난리 났었어. 안 그래요?"

여배우 네 명이 입을 가리고 웃었다. 하지만 딱히 부인은 하지 않았다.

객관적으로 봐도 현우는 매력적인 남자였다. 요즘 화제의 중심에 놓여 있는 어울림 엔터테인먼트의 젊은 대표였으며, 훤칠한 체격에 생김새도 제법 괜찮았다. 같은 또래의 여배우들이 당연히 호감을 가질 수밖에 없었다.

"한슬기 씨, 김현우 대표 어때요? 괜찮죠?"

"네, 멋있으세요."

"뭐 묻고 싶은 거 없어요?"

"여자 친구 있으신가요?"

한슬기의 단도직입적인 질문에 촬영장에 '오오!' 하는 감탄사가 터져 나왔다.

한슬기. 스물네 살의 신인 여배우였다. 떠오르고 있는 청순파 여배우로 하늘하늘한 외모와 다르게 솔직한 성격이 대중들에게 큰 인기를 얻고 있었다. 최근 인기리에 종영한 KBN 월화 미니시리즈의 여주인공이기도 했다.

"여자 친구는 아직 없습니다."

"김현우 대표, 그럼 한슬기 씨 어때요?"

김민수가 장난기 가득한 표정으로 질문을 던졌다. 현우는 곤란한 얼굴을 했다. 한슬기가 초롱초롱한 눈동자로 현우의 대답을 기대하고 있었다.

'미치겠다. 이거 뭐라고 말해야 하지?'

장지석에게 도움의 눈길을 보냈지만 그 역시 재미있다는 표정을 하고 있었다.

"저야 영광이죠."

"오오!"

감탄사가 터져 나왔다. 갑자기 분위기가 묘해져 버렸다. 연기인지 진심인지 한슬기가 얼굴을 붉히며 부끄러워했다.

"이거 분위기 뭐죠? 왜 이래요?"

장지석이 분위기를 더 달아오르게 했다.

"저도 김현우 대표님이 이상형이에요."

가만히 상황을 지켜보고 있던 배우 진세영도 한마디 했다. 미친 미모로 유명한 진세영도 요즘 주목받고 있는 여배우였다. 한슬기와는 스물네 살 동갑이었고 데뷔를 한 시기도 비슷해 대중들은 두 여배우를 줄곧 비교하곤 했다.

"현우야, 너 인기 좋다?"

장지석이 진심으로 부러워하는 표정을 지었다. 한슬기는 은연중에 진세영을 힐끔 보며 의식하고 있었다.

"세영 씨, 세영 씨는 김현우 대표 어디가 이상형인데요? 진짜 궁금하네요."

장지석이 부드럽게 운을 띄워주었다. 진세영이 살짝 미소를 지으며 입을 열었다.

"회사에서 김현우 대표님 이야기 많이 들었어요. 실장님이나 권강호 선배님께서 종종 대표님 이야기를 해주셨거든요."

"권강호 씨요? 구체적으로 말해봐요. 궁금해 죽겠네."

대배우 권강호까지 언급되자 모두의 이목이 진세영에게로 쏠렸다.

"이기혁 실장님이 그러시는데 소속 연예인들한테 친오빠처럼 자상하게 대해주신대요. 그리고 저희 소속사 연습생 중에 아라가 있거든요."

서아라를 언급하자 장내가 소란스러워졌다. 데뷔를 앞두고 있는 데뷔 멤버들의 인기도 절정에 달해 있는 시점이었다.

"아라랑 조금 친분이 있는데, 아라가 대표님 이야기를 정말 많이 했어요. 큰 것부터 사소한 것까지 챙겨주셔서 정말 감사하다고요."

하차할 뻔한 서아라가 현우의 조언으로 데뷔 멤버에 합류한 이야기는 프아돌 애청자라면 다 알고 있는 사실이었다. 그런데 진세영의 입에서 또 한 번 서아라와의 일화가 재조명되고 있었다.

"권강호 선배님도 김현우 대표님이 마음에 드신다고 했어요. 얼마 전에 술 한잔했다고 하시던데요. 권강호 선배님이 저한테 '김현우 대표 소개해 줄까?' 하고 묻기도 하셨어요. 여기까지만 할게요."

징지석과 김민수가 아쉬움을 토해내었다. 진세영이 현우를 보며 살짝 웃었다. 다행히 진세영은 송지유가 권강호에게 연기 지도를 받고 있다는 걸 말하지 않았다.

'생각이 깊구나.'

현우가 눈인사로 고마움을 표시했다. 그걸 캐치한 한슬기의 얼굴이 굳어졌다.

"그래서 김현우 대표, 한슬기 씨랑 진세영 씨 중에 누가 더 이상형에 가까워요? 부담 갖지 말고 말해봐요. 어차피 이상형은 이상형일 뿐이지. 안 그래?"

김민수가 또 직설적으로 질문을 던졌다. 한슬기와 진세영, 두 여배우가 긴장한 빛을 띠었다. 아무리 예능일지라도 여배우 간에 자존심이 걸린 상황이다.

그때 잠자코 있던 정훈민이 끼어들었다.

"이런 질문들 다 의미가 없다니까, 민수 형."

"왜 의미가 없어? 형이 우리 현우 장가 좀 보내주겠다는데."

"현우랑 만나려면 넘어야 할 산이 몇 갠 줄 알아? 우선 지수랑 하나가 감당이 안 될걸. 그리고 지유가 있잖아. 내가 지유랑 좀 친하잖아. 지유가 그랬어. 자기 시집가기 전까지는 현우 장가 안 보낼 거래."

여기저기에서 웃음이 터져 나왔다.

직캠이나 입소문의 영향으로 현우와 송지유는 환상적인 케

미를 자랑하는 친남매 같은 사이로 대중들에게 널리 알려져 있었다.

정훈민이 센스 있게 치고 들어와 곤란한 상황을 모면했다. 현우는 속으로 안도했다.

"김현우 대표님, 송지유 씨 정규 앨범이 지금 엄청나게 대박이 났어요. 차트 1위부터 8위까지 줄 세우기를 하고 있는 것도 모자라서 디지털 음원 판매량과 앨범 판매량도 엄청나다면서요?"

장지석이 송지유 쪽으로 화제를 전환시켰다.

"예. 많은 분들이 이번 앨범을 좋아해 주시고 있어 저희 어울림이랑 지유도 정말 감사히 생각하고 있습니다."

"저, 김현우 대표님."

갑자기 장지석이 지긋한 눈동자와 정중한 목소리로 현우를 불렀다.

"네, 말씀하세요."

"현우야, MC가 아니고 형으로서 부탁할게. 지유 좀 오라고 해봐. 응?"

"그래, 오라고 좀 해봐. 우리도 송지유 찬스 좀 써보자."

녹화 내내 MC와 친한 형님 사이를 오고 가던 장지석과 김민수가 대놓고 형으로서 부탁하고 있다. 게스트들도 장지석과 김민수를 도와 분위기를 뜨겁게 만들었다.

메인 피디와 삭가들도 마찬가시였다. 저나다 간절한 염원을 담아 현우를 바라보고 있었다.

"지금쯤 집에 있을 텐데, 음, 전화라도 한번 해보겠습니다."

"됐다, 됐어! 우리 해피 프렌즈도 시청률 좀 올려보자!"

김민수가 지화자 둥둥 어설프게 춤을 췄다.

현우는 피식 웃으며 곧장 전화를 걸었다. 송지유가 전화를 받자 모두가 숨을 죽였다.

―네, 오빠.

송지유의 전화 목소리에 하마터면 남자 출연자들이 비명을 지를 뻔했다.

"집이지? 쉬고 있어?"

―조금 전에 들어왔어요. 할머니가 과일 깎아주셔서 과일 먹었어요. 훈민 오빠는 만났어요? 무슨 안 좋은 일이래요?

"어… 저기… 그게 말이야, 사실 지금 해피 프렌즈 녹화 중이야, 지유야."

―아, 그래요?

남자 출연자들이 참고 있던 비명을 지르며 송지유의 이름을 연호하기 시작했다. 줄까지 서서 남자 출연자들이 송지유와 인사를 했다.

그리고 정훈민이 급히 핸드폰을 받아 들었다.

"지유야, 훈민 오빠다. 네가 꼭 와야 해, 지유야."

─우리 현우 오빠한테 거짓말이나 하고, 진짜 혼나 볼래요?

"어? 그, 그게… 그냥 재미로 그런 거지."

─정말 못 말려. 알았으니까 현우 오빠 바꿔주세요.

현우가 다시 핸드폰을 건네받았다.

"지유야, 주소 남겨줄 테니까 조심히 와."

─알았어요.

툭.

통화가 끝이 났다. 녹화 현장이 축제 분위기로 물들었다.

드르륵.

별안간 현우의 핸드폰이 또 울렸다. 송지유일까 싶어 핸드폰을 확인한 현우가 조금 놀란 얼굴을 했다.

송지유가 아니었다.

이다연, 그러니까 걸즈파워의 엘시였다.

드르륵, 드르륵.

계속 핸드폰 진동이 울렸다. 장지석이 슬쩍 현우의 핸드폰을 들여다보았다.

"어? 엘시? 걸즈파워 엘시 맞지? 그렇지, 현우야?"

장지석이 크게 놀라며 호들갑을 떨었고, 순식간에 녹화 현장이 소란스러워졌다. 게스트들뿐만 아니라 제작진까지 어서 전화를 받으라며 성화를 부렸다.

현우는 당황스러웠다.

"받아야지, 뭐 해?"

김민수까지 재촉했다. 결국 현우가 통화 버튼을 눌렀다.

―여보세요? 대표님?

"네, 전화 받았습니다, 엘시 씨."

―오늘 저랑 와인 한잔하실래요?

"와인요?"

당돌한 성격답게 엘시는 대뜸 본론부터 꺼내들었다.

순간 녹화 현장이 정적으로 물들었다. 이 밤에 갑자기 전화해서 현우에게 와인을 마시자며 엘시가 말하고 있었다. 몇몇 게스트가 의심 어린 시선으로 현우를 쳐다보았다. 충분히 의심을 할 만한 상황이었다.

'오늘 대체 무슨 날이야? 여자들마다 다 나한테 왜 이러는 건데?'

여배우 두 명이 이상형이라며 곤란하게 만들지를 않나, 엘시까지 와인을 마시자며 난처하게 만들지를 않나.

―오늘이 아니면 스케줄 때문에 도저히 시간이 안 나요. 어디세요?

엘시가 마무리 일격을 날렸다.

―대표님?

현우는 당황스러움에 입이 떼어지지가 않았다. 그 순간 정훈민이 나섰다.

"다연아, 장난 그만하고 빨리 압구정으로 와. 지유도 지금 게스트로 오고 있다."

─훈민 오빠?

핸드폰 너머로 1, 2초간 잠시 말이 없었다. 그러다 핸드폰에서 엘시의 목소리가 다시 들려왔다.

─그러니까 전화해 놓고 왜 전화 안 받아요? 게스트로 나와 달라고 통사정할 때는 언제고.

"입 좀 놀리느라고 못 봤지. 그렇다고 현우한테 전화해서 이런 식으로 장난치기야? 현우 엄청 놀랐잖아, 이 녀석아."

─장난 좀 쳐본 건데 대표님은 진지하셨구나? 어쨌든 얼른 갈게요. 근처예요.

"그래, 고맙다, 다연아."

─김현우 대표님 다시 바꿔주세요.

"네, 김현우입니다."

─장난쳐서 죄송해요. 놀라셨죠? 제가 좀 짓궂어요.

"아닙니다. 괜찮습니다."

핸드폰 너머로 엘시가 까르르 웃었다.

"엘시야, 지석이 오빠야. 지금 해피 프렌즈 방송 중이거든? 보고 싶다, 친구야 코너 하고 있어. 진짜 와줄 수 있지?"

─그럼요. 오랜만에 오빠들 볼 겸 해서 얼른 갈게요.

"게스트 분들이랑 인사 좀 나눠봐."

걸즈파워와 엘시의 팬이라는 남자 게스트들이 엘시와 인사를 주고받았다. 송지유에 이어 걸즈파워의 엘시까지 게스트로 온다는 말에 제작진은 비장한 각오를 하고 있었다.

'큰일 날 뻔했다.'

한편 현우는 놀란 가슴을 진정시키고 있었다. 엘시와 친분이 있는 정훈민이 눈치를 채고 나서주지 않았다면 자칫 커다란 오해를 살 뻔했다. 아니, 대형 스캔들이 터질 뻔했다.

녹화가 잠시 중단되고 휴식 시간이 주어졌다. 대기실로 향하는 길에 정훈민이 현우의 어깨에 팔을 걸쳤다.

"동생아, 형 센스 죽였지?"

"후우, 형님이 아니었으면 괜한 오해를 살 뻔했어요. 그나저나 오늘 녹화, 유난히 힘든데요?"

"무형은 리얼 버라이어티이고 넌 비중도 거의 없었잖아. 해피 프렌즈는 토크쇼야. 어지간한 연예인도 토크쇼 나오면 말도 제대로 못 하다가 집에 가는 경우가 허다해. 너 잘하고 있어."

정훈민이 현우의 어깨를 다독였다.

"동생아, 너 다연이는 어떻게 아냐?"

"엘시 씨요?"

현우는 정훈민의 대기실로 들어와서야 엘시와의 인연을 설명해 주었다.

맑은이슬 광고 프레젠테이션에서 처음 본 일과 대학 동기 이지혜와 엘시의 친분, 그리고 엘시가 이지수의 폭력 루머를 벗겨준 장본인이라는 것까지 정훈민에게 설명했다.

삼각 김밥 포장을 뜯으며 정훈민이 고개를 끄덕끄덕했다.

"근데 말이야, 다연이 걔가 남자 연예인들한테 인기는 많아도 남자들을 별로 안 좋아해. 나랑 친한 것도 내가 동네 삼촌 같아서 그렇다나? 어쨌든 그래. 그런데 너한테는 둘이서 술을 마시자고? 이거 뭔가 있는데, 김현우?"

정훈민이 우걱우걱 삼각 김밥을 먹으며 게슴츠레 눈을 떴다. 현우가 손사래를 쳤다.

"훈민 형님, 절대 그런 거 아닙니다. 괜히 저 비행기 태우지 마세요. 지금도 충분히 비행기 타고 있습니다."

벌써부터 걱정이 되었다. 한슬기와 진세영이라는 두 여배우의 느닷없는 관심도 부담스러운 상황이다.

"다연이 괜찮은 애다. 내가 걔 데뷔했을 때부터 방송 여러 번 같이해 봐서 잘 알아. 화려해 보여도 속은 여려. 그러니까 호감 있으면 잘해봐라, 동생아."

"그럴 일 없습니다, 훈민 형님."

"하, 김현우, 철벽 엄청 치네. 너, 남자 맞아? 아직 창창한데 연애도 하고 좀 그래야지. 가끔 너를 보면 일 못 해서 안달 난 워커 홀릭 같아. 아냐?"

"일 중독자라… 차라리 그게 낫네요."

현우가 씩 웃으며 정훈민이 건네는 삼각 김밥을 입으로 가져갔다.

＊　　　＊　　　＊

압구정 뒷골목으로 택시가 스르륵 나타났다. 택시 문이 열리며 하얀색 운동화에 스키니 진, 그리고 개나리 색깔 스웨터 차림의 송지유가 모습을 드러내었다.

때마침 빨간색 스포츠카 한 대가 송지유의 앞에서 멈추었다. 창문이 내려가며 노란색 단발머리의 엘시가 얼굴을 내밀었다.

"지유야!"

"선배님?"

"오랜만이네? 너도 해피 프렌즈 게스트로 오는 거라며? 훈민 오빠가 그러던데?"

"선배님도 게스트로 오신 건가요?"

"응, 어쩌다 보니. 같이 들어가자."

송지유는 엘시가 주차하는 것까지 기다려 주었다. 스웨터 주머니에 손을 넣고 있는 송지유를 보며 엘시가 입을 삐죽였다.

"예쁘네. 기죽을 정도야."

"선배님도 예뻐요."

"헤헤, 그렇지?"

엘시가 송지유의 팔짱을 꼈다. SNS 친구가 된 이후로 서로 가끔 댓글을 남겨 안부를 묻곤 하던 둘이다.

"이번 정규 앨범 정말 좋더라. 나 앨범도 샀어. 차에 있으니까 녹화 끝나면 사인해 줘."

"감사합니다, 선배님."

"감사는, 뭐. 근데 별로 피곤해 보이지 않네?"

"네?"

송지유가 고개를 갸웃했다.

"정규 앨범 발매하고 가장 바쁠 때인데 한가해 보여서. 나는 두 달 중에 오늘이 처음 쉬는 날이야. 밤 늦게 한국에 왔으니까 엄밀히 말하자면 쉬는 날도 아니네."

엘시가 한숨을 내뱉더니 이내 그냥 웃고 말았다.

"부럽다."

짤막한 말이었지만 송지유는 엘시의 속뜻을 알아차릴 수 있었다. 지금 엘시는 한탄을 하고 있는 것이었다.

"잠시만요, 선배님."

"응?"

송지유가 주차창 안에 설치되어 있는 자판기에서 캔 커피

두 개를 뽑았다. 그리고 하나를 엘시에게 건넸다.

"고마워."

송지유와 엘시. 대한민국에서 내로라하는 탑스타 둘이 주차장 플라스틱 의자에 앉아 캔 커피를 홀짝였다.

엘시가 문득 송지유를 살폈다.

"너 피부 진짜 좋다. 나는 화장 지우면 다크서클 보일까 봐 보다시피 늘 풀 메이크업 상태야. 아, 하루에 여섯 시간만 잤으면 소원이 없겠다."

별말은 하지 않았지만 송지유는 안타까운 표정으로 엘시를 쳐다보았다.

"좋겠다, 송지유."

"제가요?"

"응. 김현우 대표님 같은 좋은 대표님도 있고, 소속사 식구들도 좋은 사람들인 것 같고, 또 친구 같은 스타일리스트도 있고."

"은정이는 대학교 친구예요."

"아, 정말? 그럼 둘이 엄청 친해? 단짝?"

"네, 단짝 친구 맞아요."

"그렇구나. 나는 멤버들 빼면 친구 한 명도 없어. 그나마 멤버들도 개인 활동으로 바빠서 잘 만나지도 못해."

엘시가 캔 커피를 홀짝였다. 그러다 아차 하는 표정을 했다.

"미안. 쓸데없는 이야기를 내가 너무 많이 했네. 미안해."

"아니에요. 저도 연예인 친구는 한 명도 없어요. 훈민 오빠가 있긴 한데, 좀 그래요."

"너도 훈민 오빠랑 친하지? 나도 친해. 나 데뷔했을 때 처음 한 예능에서 내 파트너였어. 못 미더워서 내가 다 하긴 했지만, 뭐."

엘시가 살랑살랑 고개를 저었다. 송지유가 살짝 웃었다.

"저도 그랬어요. 무형 때 하도 바보같이 굴어서 하나부터 열까지 제가 다 했어요." ·

"맞아. 진짜 바보라니까."

송지유와 엘시가 서로를 보며 웃었다. 그러다 엘시가 손가락으로 송지유를 가리키며 놀랐다.

"너, 웃을 줄도 알아?"

"네, 저 잘 웃어요."

"TV에서는 거의 본 적이 없는 것 같아서. 너 웃으니까 진짜 신기해."

"선배님도 TV에서는 항상 조용하시잖아요."

"그렇긴 하네. 헤헤."

송지유와 엘시가 또 서로를 보며 웃었다. 그러다 엘시가 조용히 입을 열었다.

"연예인 생활을 오래 하다 보면 가끔 내가 누구인지, 어떤 성격이었는지, 뭘 좋아했는지, 뭘 싫어했는지를 잊어먹게 될 때가 있어. 나도 처음 방송에 출연했을 때는 유나처럼 막 까불고 그랬거든. 근데 점점 싫어하는 사람들이 생기다 보니까 어느 순간 조용해지더라고. 근데 넌 걱정 없겠다. 멘탈 장난 아니라며? 저번에 카페에서 지혜 언니랑 김현우 대표님 만났는데 대표님이 네 칭찬 많이 했어."

"현우 오빠가 정말 그랬어요?"

"응. 그래서 네가 부러워. 든든한 대표님이 있잖아?"

송지유와 엘시가 조용히 캔 커피를 홀짝였다. 핸드폰으로 시계를 확인한 엘시가 자리를 털고 일어섰다.

"막간의 휴식 끝! 친한 작가 언니가 그러는데, 한슬기라는 불여우가 김현우 대표님한테 꼬리 흔들고 눈에 불 켜고 있대."

"…정말요?"

순간 송지유의 분위기가 차가워졌다. 엘시가 장난꾸러기 같은 미소를 머금었다.

"우리 둘이서 깽판 좀 쳐볼래?"

"네, 좋아요."

송지유와 엘시는 쓰레기통에 캔 커피를 버리고 2층 카페로 향했다.

*   *   *

송지유와 엘시가 나란히 녹화 현장에 나타났다. 한 명은 근래 대한민국에서 가장 큰 사랑을 받고 있는 송지유였고, 다른한 명은 대한민국 최고의 아이돌이라 불리는 엘시였다.

게스트들이 일제히 자리에서 일어나 송지유와 엘시를 반겼다.

특히 남자 게스트들은 송지유를 보며 정신을 차리지 못했다. 게스트로 출연한 여배우들이 평범하게 보일 정도였다.

"자자, 일단 자리에 앉아요."

송지유와 엘시가 서로 눈빛을 주고받았다. 송지유는 현우 옆으로, 그리고 엘시는 정훈민의 옆으로 가서 앉았다. 어쩌다보니 현우의 좌우로 송지유와 엘시가 앉게 된 꼴이다.

"우선 시청자 여러분께 인사를 좀 해주세요."

가요계 선배인 엘시한테 먼저 순서가 갔다.

"소녀들의 힘! 걸즈파워! 엘시입니다!"

노련한 베테랑 아이돌답게 엘시가 첫 인사부터 녹화 현장을 웃음바다로 만들었다. 송지유는 그저 담담한 표정으로 고개를 꾸벅 숙였다.

"송지유입니다."

여기저기에서 박수가 터져 나왔다. 더 기다릴 것도 없이 장지석이 메인 MC로서의 능력을 발휘하기 시작했다.

"조금 전에 보니까 둘이 팔짱 끼고 들어오던데, 서로 친분이 좀 있는 거예요?"

날카로운 질문이다. 제작진이 장지석을 향해 엄지를 들어 보였다. 방송이 나간다면 화제가 될 만한 좋은 질문이었다.

"지유랑 SNS 친구예요. 가끔 SNS로 서로 안부도 묻고 이야기를 나누곤 해요. 그런데 실제로 밖에서 본 건 오늘이 두 번째네요."

"에이! 그럼 안 친하네, 안 친해."

김민수가 짓궂게 말을 보탰다.

"친하거든요?"

"진짜 친해, 지유야?"

자연스레 시선이 송지유에게로 모아졌다. 현우는 걱정이 되었다. 성격상 친하지 않으면 정말 친하지 않다고 할 송지유였다.

"녹화 들어오기 전에 엘시 선배님이랑 캔 커피 마시면서 이야기 많이 했어요. 선배님이 좋아요."

송지유의 말에 현우가 안도했다. 엘시는 헤헤 웃으며 좋아했다.

"저도 지유 후배님이 마음에 들어요. 친해질 것 같아요."

엘시까지 이렇게 반응하자 좌중이 술렁였다.

어울림과 S&H. 소주 광고 때도 그랬고 얼마 전 종영한

MBS의 '프로듀스 아이돌 121'과 SBC의 'K—POP! 슈퍼 아이돌!' 때도 한 차례 잡음이 일어난 적이 있다.

표면적으로 보면 절대 친해질 수 없는 사이가 송지유와 엘시의 관계였다.

그러거나 말거나 송지유와 엘시는 현우를 사이에 두고 조그맣게 이야기를 나누고 있었다.

분위기가 싸해지려던 찰나 장지석이 화제를 전환시켰다.

"조금 전에도 말했지만 이번 지유 씨 정규 앨범이 정말 많은 사랑을 받고 있잖아요. 그런 의미에서 노래 한 곡 짧게 안 될까요?"

게스트들이 환호성을 보내며 호응했다.

"네, 그럼 낙엽편지 들려 드릴게요."

제작진이 서둘러 기타를 가지고 왔다. 잠시 조율을 한 후 송지유가 기타 연주와 함께 '낙엽편지'를 불렀다.

기타 연주를 빼면 무반주나 마찬가지였지만 송지유의 맑고 아련한 음색에 모두가 감성에 젖어들었다.

1절만 부르고 송지유가 기타를 놓았다. 박수가 쏟아졌다.

"이야, 노래 진짜 좋네! 차트 올킬하는 이유가 있다, 진짜!"

장지석이 분위기를 더욱 끌어 올려 주었다.

"그럼 엘시 씨는 뭐 없나?"

김민수가 멘트를 이어받았다. 또 박수가 쏟아졌다. 엘시는 걸즈파워의 최근 히트곡을 춤과 함께 선보어 박수를 받았다.

토크쇼답게 또 금방 화제가 전환되었다.

"엘시 씨가 훈민이랑 친하죠?"

"조금요."

"야, 그러기냐?"

정훈민이 툴툴댔다. 장지석이 계속해서 질문을 이어갔다.

"아까 전에 김현우 대표님한테 전화했던데. 엘시 씨, 김현우 대표님과도 친분이 있습니까?"

장지석의 질문에 엘시가 잠시 생각에 잠겼다.

현우는 슬쩍 옆에 앉아 있는 엘시를 살펴보았다. 녹화 내내 헤헤거리고 있던 엘시의 분위기가 순간 어두워졌다.

저번에 숙소 근처에 내려줬을 때의 우울해 보이는 모습과 비슷했다.

찰나의 순간이었지만 현우는 엘시의 심경 변화를 똑똑히 보았다.

'뭔가 불안한데?'

하지만 언제 그랬냐는 듯 엘시가 밝은 표정으로 돌아왔다.

"지유처럼 김현우 대표님과도 친해지려고 생각 중이긴 해요."

"그래요, 엘시 씨?"

"네. 가수들 사이에서는 어울림 엔터테인먼트랑 김현우 대표님이 요즘 유명하거든요."

현우로서는 처음 듣는 말이었다. 하지만 현우와 송지유만 모를 뿐 녹화 현장에 있는 대부분의 연예인들이 어울림 엔터테인먼트와 현우에 대한 소문을 듣고 있었다.

"엘시 씨 말씀이 맞아요. 저희 플래시즈 엔터에서도 김현우 대표님 이야기를 자주 듣고는 하니까요."

플래시즈 엔터 소속인 배우 진세영이 엘시의 말에 힘을 보태주었다.

"저 사실 어제 일본에서 과로로 쓰러져서 링거도 맞았어요. 휴가도 1년에 하루 이틀 정도밖에 없고 부모님도 3개월 전에 잠깐 공항에서 보고 지금까지 한 번도 못 만났어요. 정말 눈 코 뜰 새 없이 바쁘거든요. 근데 지유 후배님은 또래 친구들처럼 대학도 다니고 친구들도 만나고 하잖아요. 저도 일상적인 삶이 가끔은 너무 그리워요."

"그렇긴 하겠어요. 엘시 씨가 많이 힘들겠구나."

장지석이 고개를 끄덕거리며 대답했다.

"고양이 소녀들이랑 저랑 친해요. 그래서 대표님과 관련된 이야기도 정말 많이 들었어요. 하나부터 열까지 모든 것을 연습생 위주로 생각해 주시고 배려해 주신대요. 치킨 먹고 싶다고 조르면 살찐다고 하시면서도 몰래 오븐 치킨 같은 것도 사주신다고 자랑까지 하고. 가끔은 김현우 대표님이 우리 회사 대표님이었으면 좋겠다, 이런 생각도 해요."

모두가 엘시의 하소연에 공감했다.

어울림 엔터테인먼트는 느림의 미학을 가지고 있는, 연예계에선 거의 유일한 기획사였다. 하지만 그렇다고 해서 성과가 나쁘지도 않았다.

송지유는 데뷔 앨범에 이어 이번 정규 앨범도 초대박을 치고 있었다.

소속 연습생들은 곧 데뷔를 앞두고 있는 프아돌 데뷔 멤버의 핵심으로서 엄청난 인기를 끌고 있었다.

"그래서 지유도 부럽고 하나랑 다른 아이들도 부럽고 그러네요. 하지만 저희 S&H도 정말 좋은 회사예요. 이게 되잖아요?"

엘시가 손가락으로 돈 모양을 만들어 보였다. 그리고 엘시의 넉살에 무거운 공기가 흐르던 녹화 현장에 웃음이 터져 나왔다.

현우만 홀로 조용히 엘시를 바라보고 있었다.

'가짜 웃음을 짓고 있어.'

저번에 봤을 때도 느꼈지만 여러모로 정서가 불안해 보였다. 불안정한 심리를 애써 조절하고 있는 모습이 현우의 두 눈에 똑똑히 보였다.

'괜찮을까?'

일거수일투족이 화제가 되는 것이 탑스타의 숙명이다. 예능이긴 하지만 엘시는 작정하고 발언한 것이다.

현우에게 S&H와 관련된 질문이 돌아가면 복잡한 상황이 연출될 수 있음을 인지하고 있던 제작진이 스케치북에 무언가를 적어 장지석에게 보여주었다.

장지석과 김민수의 질문이 다시 송지유에게로 집중되었다. 무형을 제외하고 예능에 출연을 한 적이 없는 송지유이다.

제작진도 작정했는지 수많은 질문을 쏟아내고 있었다. 좋아하는 음식부터 싫어하는 음식까지 싱거운 질문이 연달아 나왔고, 송지유가 대답할 때마다 반응이 뜨거웠다.

이렇게 되다 보니 꼭 송지유 특집 같은 생각까지 들 정도였다.

"지유 씨, 그 세 분이랑은 진짜 친분이 있는 겁니까?"

장지석이 장성률과 김동철, 그리고 최현에 관해 질문했다. 송지유가 고개를 끄덕였다.

"네. 앨범 작업할 때는 거의 매일 같이했어요. 음악적으로도, 또 인간적으로도 조언을 많이 해주세요."

"인간적인 조언 중에 기억이 나는 게 있다면요?"

"좀 웃어라. 나이에 맞게 행동해라?"

송지유의 말에 다들 웃었다. 확실히 송지유에게 잘 어울리는 맞춤형 조언이었다.

"좋은 스승님들이세요."

송지유가 오늘 녹화 처음으로 살짝 웃어 보였다. 남자 게스트들은 멍하니 넋을 잃었다.

"스승님이요? 그분들을 그렇게 불러요, 지유 씨?"

"네, 스승님이라고 해요."

이 밖에도 장성률과 김동철, 최현과 있었던 여러 일을 송지유는 차분하게 말해주었다.

그리고 팬 미팅 겸 쇼케이스 현장에서 있던 이야기들도 나누며 정신없이 시간이 흘러갔다.

팬들이 스크린에 비춰진 자기를 보고 소리를 지르는 줄도 모르고 어리둥절해하던 이야기까지 나왔다.

녹화 현장 분위기는 더없이 좋았고, 서서히 녹화 종료 시간이 다가왔다. 출연한 게스트들이 소감을 밝혔다.

그리고 현우의 차례가 다가왔다. 장지석이 현우를 향해 물었다.

"오늘 어떠셨어요, 김현우 대표님?"

"훈민 형님 덕분에 갑자기 방송에 출연하게 되어서 아직도 얼떨떨하네요. 그래도 좋은 경험이었고 여기 계신 게스트분들도 알게 되어 정말 기쁩니다."

"현우야, 너 이 방송 나가면 인기 많아질걸?"

정훈민이 현우를 놀렸다. 현우가 피식 웃었다.

"김현우 대표님, 많은 시청자분들이 어울림 엔터테인먼트와 송지유 씨, 그리고 고양이 소녀들의 행보에 대해 관심이 많으실 것 같은데… 편안하게 주무시라고 한 말씀만 해주세요."

현우가 송지유를 쳐다보았다.

현우가 무슨 말을 하려는지 이미 송지유는 알고 있었다. 송지유가 상관없다며 고개를 끄덕였다.

현우가 카메라를 똑바로 마주하며 입을 열었다.

"정규 앨범 활동이 끝날 즈음에 지유가 영화에 출연할 것 같습니다. 어쩌다 보니 연기에 도전하게 되었네요. 지금처럼만 우리 지유, 많이 예뻐해 주셨으면 좋겠습니다."

예상하지 못한 현우의 말에 장지석과 김민수는 물론 모든 게스트가 크게 놀랐다.

송지유가 영화에 출연한다?

연예 일간지 1면에 실릴 만한 초특급 기삿거리였다.

일종의 계기가 되었던 것일까? '해피 프렌즈' 방송이 나가고 소식이 끊긴 지인들로부터 연락이 몰려왔다. 초등학교 때 짝꿍이던 현정이라는 친구부터 시작해서 중, 고등학교 친구들까지 현우에게 안부를 물어왔다.

연락해 줘서 고맙다는 답장을 돌리고 현우는 노트북을 들여다보았다. 생각한 것보다 '해피 프렌즈' 출연이 불러온 파장이 컸다.

['해피 프렌즈'에 출연한 청년 대표 김현우]

목요일 밤 11시, KBN2의 예능 프로그램 '해피 프렌즈'에 어울림 엔터테인먼트의 김현우 대표가 개그맨 정훈민의 지인으로 깜짝 출연해 화제가 되고 있다. 김현우 대표는 '해피 프렌즈' 제작진의 몰래카메라에도 전혀 흐트러짐 없는 모습을 보여주었다. 술에 취해 주식으로 돈을 잃었다는 정훈민에게는 선뜻 3천만 원이라는 거금을 내어주겠다고 하며 정훈민과의 의리를 지켰다. 게스트인 여배우 한슬기와 진세영은 인간적인 모습의 김현우 대표에게 호감을 표시하는 등 많은 이야기를 만들어냈다. 이날 어울림 엔터테인먼트의 간판스타이자 국민 소녀 송지유도 정규 앨범 발매 후 첫 예능 출연으로 시청자들에게 모습을 비추었고, 걸즈파워의 엘시도 송지유, 김현우 대표와의 친분을 보여주었다.

방송으로 나간 화면까지 캡처되어 장문의 기사가 쓰여 있었다.

─김현우 대표님, 정말 멋있어요! 완전 심쿵했어요! ♥ (공감 2,106/비공감 235)

─우리 엄마가 큰사위 삼고 싶대요! (공감 1,987/비공감 142)

―사람이 된 양반이네. 정훈민은 좋겠다. (공감 1,899/비공감 105)

―어울림은 다른 기획사랑 확실히 달라. (공감 1,761/비공감 240)

현우를 향한 대중들의 반응이 뜨거웠다. 국민 훈남이라는 등 현우 입장에서는 오글거리는 단어들이 적힌 기사들까지 보였다.

기분이 묘했다. 그리고 부담스러웠다.

"와, 인기 좋아요, 김현우 대표님."

김은정과 함께 나타난 송지유가 현우를 놀렸다. 현우가 길게 한숨을 내쉬었다. 송지유가 현우의 눈앞으로 태블릿을 내밀었다.

대형 여성 커뮤니티였다.

"이건 왜?"

"한번 볼래요, 국민 훈남 씨?"

송지유가 친히 게시 글을 짚어주었다.

785452 해피 프렌즈 김현우 고화질 캡처 짤.jpg

"그냥 안 보고 싶은데?"

현우의 의사와 상관없이 송지유가 게시 글을 클릭했다. 보정이 들어간 캡처 짤들이 주르륵 펼쳐졌다. 얼마나 보정을 했는지 거의 다른 사람이 되어 있었다.

ㅡ꺅! 존잘!!
ㅡ내 신랑감 후보에 저장 완료! ♥♥
ㅡ안 돼! 나만 알고 있던 최애캐야! ㅠ.ㅠ
ㅡ22
ㅡ333

그 밑으로도 댓글이 수없이 달려 있었지만 현우는 차마 두 눈으로 볼 수가 없어 고개를 돌려 외면했다.

"부끄러워하는 거 아니죠?"

송지유가 또 현우를 놀렸다. 현우가 또 길게 한숨을 내쉬다 입을 열었다.

"이런 건 통 적응이 안 되네. 지유 너는 이런 반응 보면 괜찮아? 오글거리지 않나?"

"네. 저는 고맙고 감사해요."

"확실히 연예인 체질이 따로 있긴 하네."

갑작스러운 대중들의 관심이 현우는 여간 부담스러운 게 아니었다.

하물며 송지유는 대중들의 엄청난 관심 속에서 살고 있다. 그럼에도 눈 하나 깜짝하지 않는 송지유의 멘탈이 새삼 대견

했다.

"응?"

"왜 그래요?"

"엄마 전화인데?"

막내아들이 일한다며 낮 시간에는 중요한 일이 아니고는 연락을 자주 하지 않던 어머니였다. 혹시나 무슨 일이 있나 싶어 현우는 서둘러 전화를 받았다.

―아들!

"네, 엄마. 무슨 일 있어요?"

―아니야. 다음 주말에 시간 있니?

"시간이요?"

―응. 엄마 고등학교 동창 딸이 초등학교 선생님인데 그렇게 참하고 괜찮대. 한번 만나볼래?

"그러니까 선을 보라는 말씀이시죠?"

현우가 머리를 긁적였다. 어머니의 부탁인데 단번에 거절할 수가 없었다. 그렇다고 선을 볼 생각은 더더욱 없었다. 곤란했다.

"……"

송지유가 다리를 꼰 채로 팔짱까지 끼고 현우의 반응을 보고 있다.

―선 보기 싫으니, 아들?

"생각 좀 해볼게요. 지유 정규 앨범 활동도 있고 해서 신경 쓸 게 많네요. 죄송합니다, 최정희 여사님."

―아들, 괜찮아. 요즘 엄마가 아들 때문에 살맛이 나. 아들, 오늘도 힘내!

"네, 알겠어요."

전화를 끊으려는데 송지유가 손을 내밀었다. 현우가 입 모양으로 '왜?' 하며 물었다. 송지유가 계속 손을 내밀고 있다. 그러더니 현우로부터 핸드폰을 낚아챘다.

―아들?

"어머니, 저 지유예요."

―어머, 지유구나. 잘 지내니?

"네. 현우 오빠가 챙겨줘서 잘 지내고 있어요. 한번 찾아뵈어야 하는데 죄송해요."

―호호! 지유는 말도 예쁘게 하는구나. 언제 시간 나면 현우랑 같이 집으로 놀러 와. 먹고 싶은 음식 다 해줄게.

"네. 그럼 이번 주말에 찾아뵈어도 될까요?"

전화 통화를 지켜보고 있던 현우가 헛웃음을 머금었다. 제 멋대로 주말에 찾아뵌다는 송지유의 말투가 그 어느 때보다도 사근사근했다.

―그래, 꼭 와. 그렇지 않아도 지유가 고마워서 음식이라도 해 먹이고 싶었어.

"네, 어머니. 그럼 주말에 찾아뵐게요."

이 말을 끝으로 송지유가 전화를 끊었다.

"너 진짜 주말에 우리 집에 간다고?"

"네. 싫어요?"

"아니, 그게 아니고… 갑자기 왜?"

"소속사 대표님 부모님인데 그래도 한 번은 찾아뵈어야 하지 않아요? 오빠는 우리 할머니랑 동생도 몇 번 봤잖아요. 삼계탕도 두 그릇이나 먹었으면서."

확실히 설득력이 있었다. 현우가 고개를 끄덕거렸다.

"그렇긴 하네. 그럼 토요일 저녁에 같이 가자. 은정이 너도 갈래?"

"네?"

김은정이 눈을 크게 뜨며 송지유를 쳐다보더니 도리도리 고개를 저었다.

"저는 토요일에 아플 것 같아요. 다음에 갈게요."

"어? 뭐… 그래, 그럼."

그렇게 말하고 현우는 송지유와 관련된 기사들도 살펴보았다. 송지유다웠다. '해피 프렌즈'에서 말한 모든 것이 이미 기사로 대중들에게 전달되고 있었다.

[폭탄 발언! 송지유, 정말 영화 출연하나?]

비슷한 기사가 무려 열 개가 넘어갔다. 대중들의 반응도 폭발적이었다. 대부분 송지유의 영화 출연에 큰 기대를 하고 있었다. 그리고 영화 제목이 대체 뭐냐는 댓글이 주를 이루고 있었다.

　"CV 쪽에서 보면 거품 물고 좋아하겠는데?"

　현우는 턱을 쓰다듬으며 혼잣말로 중얼거렸다. 그렇지 않아도 오늘 중요한 스케줄이 잡혀 있었다.

　현우는 손목시계를 확인했다. 오전 11시. 데뷔 멤버들이 막 연습을 위해 회사로 출근할 시간이었다.

　그리고 오늘은 오승석과 블루마운틴이 공동 작업을 통해 완성한 신곡이 처음으로 선을 보이는 날이었다. 두 작곡가가 과연 어떤 곡을 어떻게 뽑아냈을지 현우는 기대가 컸다.

　때마침 사무실 문이 열리고 손태명이 얼굴을 들이밀었다.

　"현우야, 영진이가 애들 데리고 도착했다."

　"오케이. 가보자."

　현우는 지하 1층 연습실로 걸음을 옮겼다.

＊　　　　＊　　　　＊

　"똑바로 하지들 못해?! 전유지랑 양시시, 또 틀렸잖아!"

연습실 문이 열림과 동시에 안무 선생 릴리의 호통이 현우의 귓가를 두들겼다.

연습에 몰두한 멤버들은 현우가 연습실로 들어온 것도 모르고 있었다.

현우는 조용히 팔짱을 끼고 연습을 지켜보았다.

단순히 몸 풀기였음에도 멤버들이 '프로듀스 아이돌 121'의 오리지널곡들을 라이브로 소화하고 있었다. '연습은 실전같이'가 릴리의 철학이자 지독한 연습 방법이다.

여섯 개의 오리지널곡을 쉴 틈도 없이 멤버들이 소화했다. 안무가 조금이라도 어긋나면 여지없이 릴리의 질책이 쏟아졌다.

20분이라는 짧은 시간 동안 여섯 개의 곡을 모두 선보였다.

"흐에에!"

멤버들이 기괴한 소리를 내며 바닥으로 쓰러졌다. 현우가 짝짝 박수를 쳤다. 릴리와 멤버들이 현우 쪽으로 일제히 시선을 돌렸다.

"대표님, 죽겠어요!"

"살려주세요!"

이지수와 배하나를 중심으로 멤버들이 저마다 앓는 소리를 냈다. 현우가 피식 웃으며 릴리에게 살짝 고개를 숙였다.

"고생 많으십니다, 선생님."

"고생은요. 애들이 더 고생이에요. 아니지. 너희들은 고생 좀 더 해도 괜찮아."

"선생님, 나빠요!"

배하나가 볼을 부풀렸다. 릴리가 살짝 웃었다.

"너희들은 십 대잖아. 삼십 대인 이 선생님보다는 훨씬 체력이 좋아야지."

"선생님은 사기캐잖아요."

"맞아, 사기캐."

"저희는 벌써 무릎 관절도 안 좋은데. 힝!"

멤버들의 귀여운 볼멘소리에 릴리가 호호 웃었다.

"애들 어떻게 보셨어요?"

"음."

현우는 잠시 고민하며 멤버들을 하나하나 살펴보았다. 확실히 실력이 더 늘어 있었다.

우등반인 고양이 소녀들은 말할 것도 없고 춤에 재능이 없다던 프리즘의 전유지와 양시시도 제법 춤 선이 나왔다.

멤버들의 초롱초롱한 눈동자가 현우에게 쏟아지고 있었다. 현우가 릴리를 슥 쳐다보았다.

문득 장난을 좀 치고 싶어졌다.

"실력이 늘긴 했는데… 연습 좀 더 해야 할 것 같은데요?"

"흐에에!"

멤버들끼리의 유행어인지 또 이상한 소리가 흘러나왔다.

"들었지? 연습 힘들다고 하면 김현우 대표님한테 다 이를 거니까 그렇게 알아!"

릴리가 아이들을 놀리는 것에 마침표를 찍었다. 현우가 다시 입을 열었다.

"너희들, 오늘이 무슨 날인지 알고 있어?"

멤버들이 어리둥절한 표정을 지었다. 김수정이 손을 들었다.

"대표님, 혹시 신곡 나왔어요?"

"정답."

현우가 씩 웃으며 말했다. 멤버들이 벌떡 일어나 비명을 지르며 신나 했다. 현우는 멤버들의 재롱에 피식 웃었다.

그리고 때를 맞춰 오승석과 블루마운틴이 연습실로 들어왔다.

"안녕하세요!"

멤버들이 입을 맞춰 인사했다.

"고생들 했어. 밤에 내가 술 살게."

현우가 곡 작업을 하느라 수고를 한 두 작곡가를 격려했다.

"비싼 걸로 사라."

"오케이. 특별히 오겹살에 사지, 뭐."

현우의 농담에 블루마운틴이 하하 웃었다.

오승석이 멤버들을 향해 입을 열었다.

"신곡 궁금하지, 얘들아?"

"네!"

"그럼 한번 들어볼까?"

연습실로 두 작곡가가 작곡한 신곡이 울려 퍼지기 시작했다. 화려하고 풍성한 일렉트로니카 전자음이 연습실을 가득 메웠다.

그리고 일렉트로니카 특유의 전자음이 점차 잦아지며 소녀다운 발랄함과 통통 튀는 느낌의 레트로풍의 사운드가 합쳐졌다.

일렉트로니카적인 느낌과 레트로풍의 펑키한 느낌, 그리고 걸리쉬적인 느낌이 한 곡에 잘 융화되어 있었다. 흥이 난 멤버들이 벌써 어깨를 들썩이며 춤을 추고 있었다.

특히 이지수가 이리저리 손과 발을 교차하며 복고 댄스를 추고 있었는데 그 모습에 현우뿐만 아니라 모두가 웃음을 터뜨렸다.

연습실로 울려 퍼지던 신곡이 점차 잦아들었다. 현우를 필두로 릴리와 멤버들이 두 작곡가에게 박수를 보냈다. 듣기만 해도 흥이 나고 기분이 업되었다. 또 세련미에 소녀들 특유의 발랄함까지 느껴졌다.

"곡 이름은?"

현우가 물었다.

"소녀K 매직."

현우가 픽 웃었다.

"K는 18K, 24K 이런 걸 말하는 건가?"

현우의 질문에 블루마운틴이 고개를 끄덕였다.

곡 이름이 곡과 딱 맞아떨어졌다. 그리고 곡 자체의 퀄리티가 매우 높았다. 만족스러웠다. 현우의 감이 또 한 번 요동 치고 있었다.

"안무도 보여 드릴게요."

릴리가 연습실 내 스크린으로 안무 버전을 공개했다.

오승석과 블루마운틴이 공동 작곡한 신곡 '소녀K 매직'의 안무가 펼쳐졌다. 릴리와 여성 백댄서들이 대형을 갖추며 곡에 맞춰 춤을 추기 시작했다.

"음."

안무는 지독할 정도로 난이도가 높았다.

힙합 댄스와 재즈는 물론 발레까지 가미되어 있었고, 시작부터 끝까지 비어 있는 곳이 없을 정도로 촘촘하게 구성되어 있었다.

대형이 끝없이 바뀌었고, 멤버 열세 명마다 개인 안무 파트가 존재했다. 물론 메인 댄서로 네 명 정도가 중심이 되어 춤을 춰야 했지만, 주목을 받지 못하는 멤버가 없도록 하겠다는 릴리의 세심함이 담겨 있는 안무였다.

덕분에 3분이 조금 넘는 러닝 타임에 맞춰 이 안무를 소화하려면 정말 정신없이 춤을 춰야 했다.

안무 버전을 감상한 멤버들이 말도 안 된다는 표정으로 릴리를 쳐다보고 있다.

메인 댄서인 이지수나 이솔이 아니라면 지금 여기서 '소녀K 매직'의 안무를 온전히 소화할 수 있는 멤버가 없을 정도였다.

"왜 그렇게들 보는 거니? 왜?"

하지만 릴리는 아무렇지도 않다는 표정이다. 트레이닝 재킷을 허리춤에 단단히 묶고 팔짱을 꼈다.

"다들 안무 잘 봤지? 작곡가 선생님들이 훌륭한 곡을 만들어 오셨으니까 너희들도 단단히 각오해야 할 거야. 알았니?"

"네!"

멤버들이 기운을 차리고 힘차게 대답했다.

*　　　*　　　*

초록색 밴 봉식이가 CV E&M 본사 빌딩으로 들어섰다. 빌딩 입구엔 벌써 기자들이 진을 치고 있었다.

그리고 봉식이를 발견한 기자들이 카메라를 눌러대며 우르르 몰려들었다.

팬이라면 창문을 내려주었겠지만 송지유는 눈살을 찌푸렸다. 근처에 지나다니는 시민들도 많았는데 기자들이 도로를 점거하고 있었다.

직업상 어쩔 수 없는 일이긴 하지만 현우나 송지유는 기자들에게 당한 것이 많아 걱정부터 되었다.

빌딩 입구 바로 앞에서 봉식이가 멈추었다.

"형님, 괜찮으시겠어요?"

"괜찮으니까 주차하고 바로 올라와."

현우가 조수석에서 먼저 문을 열고 내렸다. 기자들이 우르르 몰려들었다. 재빨리 뒷좌석 문을 밀고 송지유를 에스코트했다.

"김현우 대표님, 송지유 씨 영화 출연에 대해 한 말씀 해주시죠!"

"영화 제목이 뭡니까? CV E&M에서 투자를 담당하는 걸로 확인되었는데 대답해 주실 수 있습니까?"

"송지유 씨, 영화 출연 소감을 좀 말해주세요!"

온갖 질문이 다 쏟아졌다. 송지유를 뒤로 숨겨 보호한 채로 현우가 입을 열었다.

"처음부터 영화 출연을 생각한 건 아니었습니다. 운 좋게 기회가 와서 출연을 결정했습니다. 지유도 첫 영화 출연에 큰 기대를 하고 있습니다. 영화와 관련해서는 오늘이나 내일 CV 측에서 공식적으로 입장을 발표할 예정입니다. 시간이 없어서 이만 지나가겠습니다!"

빌딩에서 CV 측 경호원들이 나타났다. 경호원들의 제지에 기자들이 길을 터주었다. 현우는 송지유를 데리고 빌딩 안으로 들어갔다.

"후우, 대체 어떻게 안 거야? 미행이라도 한 건가?"

연예계가 송지유의 영화 출연으로 들썩이고 있었다. 연예 기자들의 취재 대상 1순위 역시 송지유였다.

경호원들의 삼엄한 경호 속에 현우와 송지유는 무사히 기자들을 따돌리고 미팅이 잡혀 있는 대회의실에 도착했다.

문을 열고 들어가자 송지유를 향해 수없이 많은 시선이 쏟아졌다.

송지유를 처음 보는 관계자들은 입까지 벌리며 놀란 표정을 감추지 못했다.

현우는 김성민 감독, 박창준 대표와 눈인사를 했다.

"이쪽으로 오시죠."

영화 사업부 정근식 기획팀장과 직원들이 현우와 송지유를 자리로 안내했다. 대회의실에는 족히 수십 명이 넘는 관계자들이 모여 있었다.

"송민혁입니다. 감독님한테 말씀 많이 들었어요."

이번 영화의 남자 주인공이자 김성민 감독의 페르소나인

송민혁이 현우를 향해 살짝 고개를 숙이며 인사했다.

'어라?'

현우의 눈썹이 꿈틀거렸다.

메인 여주인공 지혜 역으로 자리에 앉아 있는 여배우가 낯이 익었다. 얼마 전 '해피 프렌즈'에서 만난 진세영이었다. 진세영이 미소를 머금으며 현우와 송지유에게 살짝 손을 흔들었다.

'CV 측에서 강력하게 밀었다는 여주인공이 진세영이었어?'

남주인공 역할을 김성민 감독에게 양보한 CV는 메인 여주인공은 절대 양보할 수 없다며 양해를 구해왔다고 박창준 대표로부터 연락을 받은 적이 있다.

그런데 설마 지혜 역으로 안면이 있는 진세영이 캐스팅되었을 줄은 꿈에도 몰랐다.

'해피 프렌즈 녹화 때는 대체 왜 말을 하지 않았지?'

의문이 갔다.

그리고 진세영에 가려져 잘 보이지 않던 세 번째 여주인공 정서 역할의 여배우가 서서히 모습을 드러내었다.

'어?'

현우는 하마터면 자리를 박차고 일어날 뻔했다.

바로 서유희였다.

현우는 지금의 상황이 쉽사리 이해가 되지 않았다. 서유희는 분명 김성민 감독의 1차 공개 오디션에서 탈락했다고 본인 스스로 말한 적이 있다.

'뭐야? 대체 어떻게 여기에 있는 거지?'

그사이 서유희가 고마움을 담아 현우와 송지유에게 눈인사를 건네고 있었다. 현우도 가볍게 인사했다.

일단은 제작 미팅에 집중해야 했다.

CV E&M의 주도로 제작 미팅이 시작되었다.

먼저 김성민 감독이 소개되었다. CV E&M 측에서 김성민 감독의 경력과 부산 국제영화제에서 입봉을 한 '첫사랑 노트'에 대해 소개했다.

"김성민입니다. 잘 부탁합니다."

장황한 소개와 대조되게 김성민 감독은 짤막하게 인사했다. 창성 영화사 대표인 박창준은 김성민 감독과 다르게 이야기가 길었다.

"창성 영화사의 박창준입니다. 먼저 영화를 제작할 기회를 주신 CV E&M 관계자분들에게 진심으로 감사의 인사를 드리겠습니다. 김성민 감독은 후배이지만 제가 정말로 존경하고 인정하는 감독이기도 합니다. 반드시 좋은 영화를 만들 수 있을 겁니다. 그리고 제작자로서 저 박창준도 최선을 다해 지원하겠습니다. 감사합니다."

이번 영화에 창성 영화사의 운명을 건다고 한 박창준이다.

그래서인지 어째 김성민 감독보다 박창준이 더 비장해 보였다.

뒤이어 연출팀의 조감독 두 명이 간단히 인사했다. 오디오팀과 조명팀, 그리고 촬영팀의 감독들도 나란히 자신들을 소개했다.

마지막으로 미술감독이 소개되었다. 이십 대 후반으로 보이는 젊은 여성이었는데 그녀를 바라보는 CV 쪽의 시선이 썩 곱지가 않았다.

보통 한국 영화판에서 영화를 제작할 때 미술감독의 비중은 극히 적은 편이다.

심지어 아예 미술감독을 두지 않고 미술, 혹은 소품팀을 따로 운영하기도 했다.

반면 할리우드에서는 미술감독, 즉 아트디렉터의 비중이 매우 컸다.

국제영화제에서 상을 받으며 호평을 얻는 영화들이 가지고 있는 특징 중에는 좋은 시나리오와 좋은 연출, 좋은 연기도 있었지만 사실 그 영화만이 가지고 있는 미장센, 즉 색채가 가장 중요했다.

미장센이 '영화적 언어'라고 불리는 까닭이기도 했다.

그리고 해외 영화제에서 호평받고 있는 백찬오 감독이나 방준희 감독, 그리고 김기만 감독도 자신들만의 색채가 뚜렷했다.

하지만 CV E&M은 상업 영화를 통해 이익을 추구하는 집단이다.

신인 감독이 미술팀도 모자라 프랑스 유학파 출신 미술감독을 합류시켰으니 벌써부터 제작비 걱정을 하는 것도 무리는 아니었다.

김성민 사단의 소개가 끝났다. 이제는 출연 배우들이 인사할 차례였다.

"송민혁입니다. 김성민 감독님의 첫 상업 영화에까지 제가 출연하게 될 줄은 몰랐습니다. 설레기도 하고 두렵기도 하지만 감독님 말씀 잘 듣고 훌륭히 해내 보이겠습니다."

남자 주인공 역의 송민혁이 꾸벅 인사했다. 현우가 송민혁을 천천히 살펴보았다. 실물을 보는 것은 이번이 처음이다.

'확실히 느낌이 있어.'

김성민 감독의 페르소나인 송민혁은 흥미로운 면이 많았다. 배우치고 잘생긴 편은 아니었다.

하지만 사람을 끌어당기는 매력을 가지고 있었다. 아무것도 그려지지 않은 백색의 도화지 같은 느낌이 들었다.

현우가 과거로 돌아오기 전 김성민 감독의 작품 속에서 만난 송민혁은 작품마다 전혀 다른 모습과 느낌을 보여주었다. 카멜레온 같은 모습을 가진 연기 스펙트럼이 광범위한 배우라고 평가를 내릴 수 있었다.

지금이야 독립 영화계에서나 알려진 무명 배우이지만 차차 한국을 대표하는 배우로 성장하는 장본인이 바로 송민혁이다.

송민혁에 이어 진세영도 자리에서 일어났다. 첫 영화에 도전하는 진세영은 제법 긴장하고 있었다.

아름다운 여배우의 소개에 자연스레 시선이 모아졌다.

"진세영입니다. 생각한 것보다 많이 떨리네요. 제 첫 영화인 만큼 신인 배우의 자세로 정말 열심히 하겠습니다."

부드러운 미소를 지으며 진세영이 자리에 앉았다.

그리고 송지유 차례가 다가왔다. 송지유가 미처 일어나기도 전에 진세영보다 더 큰 환호와 박수가 쏟아졌다.

특히 김성민 사단 사람들이 송지유를 격하게 반겨주었다. 어쨌든 이번 영화가 크랭크인 하는 데 송지유가 일등 공신 역할을 했기 때문이다.

송지유가 분홍빛 입술을 열었다.

"안녕하세요. 송지유입니다. 반갑게 맞아주셔서 감사해요. 연기 도전은 저로서도 쉽지 않은 결정이었어요. 전 노래밖에 잘하는 게 없다고 생각하거든요. 부족한 면이 많을 거예요."

그렇게 말하고 송지유는 김성민 감독과 여러 관계자들, 그리고 배우들까지 차례로 눈을 맞추었다.

"부족하겠지만 무대 위에서 노래를 부른다고 생각하고 최선을 다하겠습니다. 잘 부탁드립니다."

송지유가 고개를 꾸벅 숙여 보였다.

격려의 박수가 쏟아졌다. 현우도 흐뭇한 얼굴을 하고 있었
다.

시간이 지날수록 송지유가 더 성숙해지고 겸손해지고 있었
다. 그리고 요즘 들어 날카롭던 성격도 조금씩 부드러워지고
있는 것 같았다.

관계자들도 탑스타인 송지유의 겸손함에 주목하고 있었다.

그리고 마지막 여주인공인 서유희가 주섬주섬 자리에서 일
어났다.

진세영이나 송지유처럼 뜨거운 반응은 나오지 않았다. 대부
분 '누구지?' 하는 기색이 역력했다.

송민혁처럼 어느 정도 독립 영화판에서 알려진 배우도 아
니고 완전한 무명 여배우였다. 당연한 반응이다.

나름 꾸미고 온 까닭인지 처음 봤을 때와는 딴판이었다. 서
글서글하고 따듯한 느낌의 아름다운 여배우로 서유희는 완전
히 달라져 있었다.

"스물네 살 배우 서, 서유희입니다!"

그럼 그렇지 하는 표정으로 현우가 한숨을 내쉬었다. 맹한
성격은 여전한 것 같았다.

"다, 다시 한 번 기회를 주신 김성민 감독님, 감사해요. 제

가 정말 말도 안 되게 매달렸는데 다시 오디션을 볼 기회도 주시고, 정서 역할, 진짜 정서인 것처럼 열심히 연기해 보겠습니다. CV 관계자 여러분도 기회를 주셔서 정말 감사합니다. 송민혁 선배님이랑 세영 씨, 그리고 지유 씨도 정말 감사합니다. 민폐 끼치지 않도록 죽을 각오로 임하겠습니다. 쉽게 포기할 생각 절대 없습니다."

90도로 인사를 하고 서유희가 자리로 앉았다.

무명 여배우의 간절함 탓일까. 제작 미팅을 위해 모인 관계자들이 성의껏 박수를 쳐주었다.

'쉽게 포기할 생각이 없다고? 내가 한 말을 기억하고 있구나.'

현우가 새삼 다른 눈길로 서유희를 쳐다보았다.

맹하고 대책이 없는 여자인 줄 알았는데 김성민 감독에게 매달려 정서 역할을 따내었다. 제법 강단이 있어 보였다. 그리고 서유희도 현우를 의식하고 있었다.

'저 잘했죠?' 하는 표정으로 현우를 보고 있었다.

'그와 그녀의 흔한 첫사랑'과 관련된 관계자들과 배우들이 서로 안면을 튼 후부터는 본격적으로 제작 회의가 시작되었다.

예산과 촬영 일정, 배우 캐스팅과 촬영진 구성, 촬영 장비 대여 목록, 로케이션 일정 등 모든 프리 프로덕션 과정이 수립되어 있었다.

특히 CV E&M 측은 김성민 감독이 가지고 온 촬영 콘티를 보며 감탄을 금치 못했나. 촬영 콘티는 말 그대로 영화의 상면과 그 장면들을 찍기 위한 샷의 사이즈, 장소, 세트, 의상 등 필요한 모든 것을 콘티에 담는 것을 말한다.

유학파 미술감독과 함께 만들어낸 촬영 콘티는 영화에 대해서 잘 알지 못하는 현우가 봐도 꼼꼼했다.

할리우드에서는 이 촬영 콘티가 영화의 완성도와 흥행의 밑바탕이라고 평가받고 있었지만 한국 영화계에서는 그렇게까지 중요성이 인정받지 못하고 있었다.

쉽게 말해서 전문성이 조금 떨어지는 것이다.

꼼꼼하지 않은 촬영 콘티 때문에 예산을 초과해서 지출하거나 일부 비양심적인 영화인들은 제작자와 짜고 투자자의 돈을 슬쩍 가로채는 경우도 있었다.

"그럼 제작 미팅을 마치겠습니다. 수고하셨습니다."

정근식 기획팀장이 제작 미팅이 순조롭게 끝났음을 알렸다. 제작 미팅이 끝나고 관련된 사람들끼리 본격적으로 서로 안면을 텄다.

현우는 송지유를 데리고 다니며 CV E&M 측 관계자들은 물론이고 앞으로 함께 고생할 여러 조감독과도 인사를 나누었다.

"현우 씨, 고생 많았습니다."

김성민 감독이 박창준 대표와 함께 현우 쪽으로 다가오며 말했다. 박창준 대표는 연신 싱글벙글하며 얼굴에서 웃음이 떠나지를 않고 있었다.

"고생은요. 가만히 앉아만 있었습니다, 감독님."

현우가 빙그레 웃었다.

"수고 많으셨습니다."

진세영이 현우와 김성민 감독에게 공손히 인사를 건네왔다. 현우가 진세영과 눈을 마주쳤다.

"세영 씨, 우리 영화에 출연한다고 왜 말하지 않았습니까?"

"아, 정말 죄송해요. 소속사에서 CV에서 먼저 관련 자료 내보낼 때까지는 아무 말도 하지 말라고 해서 어쩔 수가 없었어요. 많이 놀라셨죠?"

"그랬습니까? 그냥 조금 놀란 것뿐입니다. 신경 쓰지 않으셔도 됩니다."

"사실 그날 저도 많이 놀랐어요. 해피 프렌즈 손님으로 대표님이랑 지유 씨가 올 줄은 정말 몰랐거든요. 또 영화에 출연한다고 말씀도 하셨잖아요. 옆에서 저도 출연한다고 말하고 싶은 걸 간신히 참았어요."

진세영이 입을 가리고 웃었다.

진세영은 송지유와도 간단히 담소를 나누고 매니저와 함께 대회의실을 나갔다. 김성민 감독과 더 대화를 나누려는데 근처에서 서유희가 서성이고 있었다.

헌우가 픽 웃었다.

그냥 와서 말을 걸면 될 것을 아까부터 계속 눈치만 보고 있었다. 눈이 마주치자 서유희가 쪼르르 다가왔다.

"아, 안녕하세요?"

김성민 감독과 박창준 대표가 슥 서유희 쪽으로 고개를 돌렸다.

"가, 감사합니다, 감독님."

"뭐가 그렇게 만날 때마다 감사합니까?"

"정서를 연기할 수 있도록 기회를 주셨잖아요."

"뭐 그렇긴 하지만 원래 정서 역으로 서유희 씨를 캐스팅할 생각이었습니다. 지혜나 미주랑은 어울리지 않아도 정서 역에 제격이라는 생각이 들었거든요. 그러던 찰나에 오디션장에서 서유희 씨를 본 겁니다."

"그러셨구나. 그래도 감사해요."

두 사람의 대화를 지켜보며 헌우는 많은 생각을 했다.

그때 서유희가 본인의 말대로 실수로 밴에 부딪쳤는지, 아니면 정말 죽을 생각으로 뛰어들었는지는 알 수 없었다.

하지만 결과적으로 서유희는 다시 오디션에 도전했고, 마침 정서 역으로 서유희를 염두에 두고 있던 김성민 감독이 그녀를 캐스팅했다.

'회귀를 한 이후로 우연하게 벌어지는 일이 유독 많아졌어.

인과율에 따른 결과인가?'

마치 운명이라는 존재가 현우를 본인이 의도한 길로 이끌고 있다는 생각이 강하게 들었다.

본래 인생이라는 게 우연의 연속이 합해진 하나의 결과물이긴 했지만, 자꾸만 꺼림칙한 느낌이 들었다.

"…님? 대표님?"

서유희의 부름에 현우는 상념에서 빠져나왔다. 송지유가 걱정스러운 얼굴로 현우를 쳐다보고 있었다.

"오빠, 왜 그래요?"

"아냐. 잠깐 뭐 좀 생각하느라."

"방금 심각한 표정이었어요. 처음 봐요. 오빠가 그렇게 심각한 표정을 짓는 건."

현우가 평소의 습관대로 피식 웃어 보였다.

"별거 아니야. 그런데 서유희 씨."

"네, 대표님. 그때는 정말 감사했습니다. 지유 씨도 고마웠어요."

서유희는 밝게 웃고 있었지만 현우는 그렇지 못했다. 말도 없이 퇴원하지를 않나, 명함까지 주었건만 연락도 하지 않았다.

"환자가 아무 대책 없이 그렇게 퇴원해도 되는 겁니까?"

"그, 그게… 죄송해요. 그렇지만 저 다 나았어요. 허리도 안 아프고 다 괜찮아요."

"피해자면 가해자 생각도 해야 하는 거 아닙니까?"

"가해자요? 대표님이 가해자인가요?"

서유희가 이해를 못 하겠다는 표정으로 물었다. 현우는 한숨을 삼켰다.

"됐습니다. 그런데 정서 역에 오디션 볼 생각은 왜 했습니까?"

"쉽게 포기하는 사람이 되기는 싫어서요. 그때 대표님이 해주신 충고가 제 가슴에 날아와 팍 하고 박혀 버렸어요. 그래서 오디션 본 거예요."

"아뇨. 그걸 묻는 게 아닙니다. 정서 역에 관해서 묻는 겁니다."

"아!"

그제야 서유희는 현우의 말뜻을 이해했다. 정서 역은 메인 여주인공인 지혜, 그리고 미주 역에 비해 비중이 적은 캐릭터였다. 차라리 이 정도면 괜찮았다. 하지만 정서 역은 이름과 다르게 상당히 파격적인 역할이었다.

서글서글하고 친숙한 느낌이 드는 서유희가 과연 이 역을 소화할 수 있을지 궁금했다. 서유희를 정서 역으로 캐스팅한 김성민 감독의 안목을 믿었지만, 현우는 솔직히 이 여자 자체가 걱정되었다.

"걱정 마세요. 각오는 하고 있어요."

자신 있게 대답하는 그 모습이 오히려 더 염려되었다.

'뭐 연극배우라니까 알아서 잘하겠지. 더 이상 신경 쓰지 말자.'

생각을 정리하고 현우는 서유희와 대화를 나누고 있는 송지유를 쳐다보았다. 뭐든 척척 해내는 송지유가 새삼 더 예뻐 보이고 든든했다.

박창준 대표와 일정에 관한 이야기를 나누고 현우는 송지유와 함께 밴에 올라탔다. 밴에서 기다리고 있던 최영진이 현우와 송지유를 반겼다.

"미팅 괜찮았어요, 형님?"

"훌륭했어. 왠지 느낌이 좋아. 근데 올라오라니까 왜 안 왔어?"

"에이, 저는 일개 로드잖아요. 어떻게 껴요."

최영진의 말에 현우의 눈빛이 깊어졌다.

"영진이 네가 왜 일개 로드야. 오늘 내가 없었으면 네가 지유 보호자고 책임자야. 알았냐? 다시는 그런 말 하지 마."

"형님……."

최영진의 눈동자가 또 붉어졌다. 현우가 최영진의 어깨를 다독였다. 그러다 현우의 시야로 택시를 잡으려 하고 있는 서유희가 보였다.

"영진아, 빵빵 좀 울려봐."

"네."

빵빵!

초록색 밴 봉식이가 서유희를 불렀다. 느닷없는 클랙슨 소리에 서유희가 깜짝 놀랐다. 조수석 창문을 내리고 현우가 고개를 내밀었다.

"서유희 씨, 타요."

"네? 저요?"

"그럼 여기 그쪽 말고 또 누가 있습니까?"

"괜찮아요. 택시 타고 갈게요."

"아뇨. 얼른 타요. 또 차에 뛰어들까 걱정되어서 그러는 겁니다."

현우의 말에 서유희가 어색한 얼굴을 하며 밴으로 올라탔다.

"가, 감사합니다."

"진세영 씨랑 같이 가면 되는 거 아니었습니까? 그쪽도 플래시즈 소속 아니에요?"

"세영 씨가 같이 가자고 했는데 제가 괜찮다고 했어요."

현우가 몸을 돌려 서유희를 빤히 바라보았다.

"정, 정식으로 계약이 된 것도 아니고 미안해서요."

"알겠습니다. 일단 가죠."

"감사합니다."

현우는 속으로 또 한숨을 삼켰다. 감사하다가 아니면 미안하다가 입에 밴 여자였다. 근처 지하철역에 서유희를 내려주었다. 어울림으로 돌아가는 길. 송지유가 심각한 얼굴로 핸드폰을 들여다보고 있었다.

"지유야, 뭘 그렇게 심각하게 보고 있어?"

"토요일에 오빠네 집에 가잖아요. 어머님이랑 아버님 선물로 뭐가 좋을까 해서 알아보고 있었어요."

"뭘 선물까지 사. 네 덕분에 우리 아버지한테 보일러도 아니고 밴까지 장만해 드렸는데."

"고민이에요. 두 분은 뭘 좋아하세요?"

"현금?"

"계속 장난칠 거죠?"

송지유가 현우를 노려보았다.

"음, 잘 모르겠다."

"장난치지 말라고 했죠?"

"정말이야. 그러고 보니까 부모님이 뭘 좋아하시는지를 모르겠다."

현우의 목소리가 점차 잦아들었다.

"그러면 내가 알아서 할게요."

"그럴래?"

"진짜 도움이 안 돼."

송지유가 혼잣말을 했다.

"뭐라고?"

"아니에요."

*　　　*　　　*

삼성동 근처, 빨간색 스포츠 카 한 대가 나타나더니 S&H 본사 앞에서 급히 멈추었다. 깊게 모자를 눌러쓴 엘시가 사생 팬들의 비명을 뒤로하고 서둘러 본사 건물 안으로 들어갔다.

로비에서 대기하고 있던 매니저들이 엘시를 발견하곤 자리에서 일어났다.

"또 무슨 일인데요?"

현우와 있을 때와는 분위기 자체가 달랐다. 엘시는 잔뜩 날이 서 있었다. 매니저들이 온갖 변명을 늘어놓았다.

"알았어요. 알았다고 했죠? 빨리 가요."

엘리베이터가 S&H 본사 최상층인 8층에서 멈추었다.

엘시가 깊게 눌러쓰고 있던 모자를 벗었다. 모자를 쥐고 있는 새하얀 손가락으로 점점 힘이 들어갔다.

엘시의 시선이 굳게 닫혀 있는 사무실 문을 향해 있었다.

5장

해피 투게더 I

하얀색 디스커버리 SUV가 마포에 위치한 아파트 단지 입구
로 들어섰다. 가볍게 코너를 돌아 SUV가 101동 입구에서 멈
추었다.

현우는 팝송을 들으며 송지유를 기다리기로 했다.

"왜 안 나오지?"

오후 5시까지 집 앞으로 나오기로 했는데, 10분이 훌쩍 지
났음에도 송지유가 나타나지 않았다. 안전벨트를 풀고 운전석
에서 내리려는 찰나 입구에 송지유가 나타났다.

현우는 서둘러 운전석에서 내려 송지유에게로 다가갔다.

"늦었네?"

"10분밖에 안 늦었거든요?"

"아니, 평소 시간을 칼같이 지키는 애가 늦으니까 신기해서 그런 거지."

현우는 슥 송지유를 살펴보았다. 스케줄이 아니면 편안한 옷차림을 선호하는 송지유였다. 그런데 오늘은 무언가 달랐다. 신경 쓴 티가 확 났다.

하얀색 블라우스에 살구색 주름 롱스커트, 그리고 하얀색 하이힐까지. 어깨에는 자그마한 갈색 핸드백까지 메고 있었다. 평소처럼 민낯도 아니었다. 연하게 기초화장을 했고 입술엔 붉은색 틴트까지 발랐다.

"혹시 은정이 집에 있어? 은정이가 해준 거 같은데?"

"나도 패션디자인과 학생인 거 잊었어요?"

"아, 그렇지."

송지유가 서운한 표정으로 눈을 흘겼다. 현우가 머리를 긁적이다 무심코 입을 열었다.

"예쁘네."

"네?"

송지유가 현우를 보며 되물었다. 현우가 픽 웃었다.

"뭘 또 물어. 차 어때? 네가 그때 이 차가 마음에 든다며?"

송지유의 시선이 현우 바로 뒤에 주차되어 있는 하얀색 디스커버리 SUV로 향했다.

"튼튼해 보여서 좋네요. 가요. 늦겠어요."

"오케이."

현우가 조수석 문을 열어주었다. 송지유가 조심스레 올라 탔다.

"근데 그건 뭐야?"

쇼핑백을 보며 현우가 물었다.

"부모님 드릴 선물이에요."

"그래? 뭔데?"

"비밀인데요."

송지유는 단호했다. 현우도 가볍게 궁금증을 포기했다.

"알았다. 일단 가자."

SUV가 아파트 단지를 벗어났다. 현우의 본가는 연남동 근처에 있었다. 송지유가 살고 있는 마포 아파트에서 그리 멀지 않았다.

집 앞에 주차를 하고 현우가 먼저 내려 문을 열어주었다.

"뭐 해? 안 내릴 거야?"

"나 괜찮아요?"

"충분히."

송지유가 심호흡까지 하고 차에서 내렸다.

대문을 열고 들어간 현우가 초인종을 눌렀다. 문이 열리며 환한 미소와 함께 어머니 최정희가 현우와 송지유를 맞아주었다.

"지유 왔니?"

그렇게 말하고 최정희가 송지유를 눈에 담았다. 최정희가 얼굴 가득 미소를 지었다.

"지유 참 예쁘구나. 나도 지유 같은 딸 하나 있었으면 좋겠다."

"예쁘게 봐주셔서 감사합니다, 어머님."

송지유가 활짝 웃었다. 두 눈이 초승달처럼 휘어졌다.

"들어와. 배고프지?"

조심조심 구두를 벗고 송지유가 현우를 따라 집 안으로 들어섰다. 아버지 김형식이 소파에 앉아 있다가 일어섰다.

"안녕하세요, 사장님."

"그래그래, 지유 오랜만이구나. 요즘 정규 앨범 활동 때문에 많이 바쁘지? 힘들지는 않고?"

"네, 괜찮아요. 현우 오빠가 스케줄 관리도 잘해주고 편안하게 해주세요."

"그래, 그래야지. 돈보다 더 중요한 게 건강이고 인생이야."

김형식이 흐뭇한 얼굴로 현우와 송지유를 번갈아 쳐다보았다.

부엌 쪽으로 가보니 식탁에 잔칫상이 차려져 있다.

"너무 많이 차리셨어요. 고생하셨죠?"

"아니야. 지유가 오는데 이 정도로는 부족하지. 부담 갖지 말고 앉으렴."

"네, 어머님."

식사가 시작되었다.

최정희는 연신 송지유가 무얼 잘 먹나 시선을 떼지 못하고 있었다. 부담스러울 법도 하지만 그럴 때마다 송지유는 방긋 미소를 지으며 이것저것 음식들을 맛보았다.

"엄마, 지유 체할 거 같은데요?"

현우가 쓰게 웃으며 말을 했다.

"어머! 내가 너무 빤히 쳐다봤지?"

"아니에요. 괜찮아요, 어머님."

"미안, 미안. 내가 딸도 없이 아들만 둘이라서 이렇게 예쁜 지유가 밥을 먹고 있다는 게 너무 신기해서 그래. 이제 맘 편히 먹으렴."

본격적으로 식사가 시작되었다. 그저 담담하게 웃고 있는 아버지 김형식과 다르게 어머니 최정희는 송지유에게 궁금한 것이 정말 많았다. 좋아하는 음식부터 시작해서 평소 취미가 뭔지 소소한 질문들을 했다.

"엄마, 혹시 지유 팬카페 회원 아니에요? 궁금한 게 정말 많으신데요?"

"호호, 사실 궁금해 죽겠어. 지유가 올해 스무 살이지?"

"네, 어머님."

"근데 어쩜 이렇게 어른스러울까? 현우, 너 스무 살 때랑은 비교도 안 되는 것 같아."

최정희의 말에 송지유가 관심을 보였다.

"현우 오빠 스무 살 때는 어땠어요, 어머님?"

"효자이긴 했는데 고집이 엄청 셌어. 어떨 때는 장난꾸러기 아이 같기도 했고."

송지유가 고개를 갸웃했다. 어울림 식구들에게는 항상 오픈 마인드인 현우였다. 특히 송지유 본인에게는 항상 예스맨이었다.

"현우가 대표로서 일은 잘하니? 지유가 보기에는 어때? 나는 장난꾸러기 막내아들 같은 생각이 자꾸 들어서 걱정이 되기도 하거든."

송지유가 젓가락을 내려놓고 잠시 생각에 잠겼다. 현우는 어머니 최정희와 송지유를 보며 또 쓴웃음을 머금었다. 그리고 내심 송지유의 평가가 궁금하기도 했다.

"현우 오빠는… 어울림 대표로서도, 그리고 사람 김현우로서도 참 좋은 분인 것 같아요. 하지만 작은 바람이 있다면 오빠가 스스로를 더 챙겼으면 좋겠어요. 항상 다른 사람들 일에 물불 가리지 않고 뛰어들어요. 지금까지는 오빠가 잘해왔지만 혹시 무슨 일이 생기지는 않을까 걱정도 돼요, 어머님."

현우는 가슴이 울렁거렸다. 늘 속마음을 감추고 있는 송지유였다. 그렇기 때문에 송지유가 이렇게까지 깊게 생각하고 있다는 것을 전혀 알지 못했다. 고마웠다. 그리고 울렁거리던 가슴 한쪽이 갑자기 간질간질했다.

현우가 차마 말을 잇지 못하는 사이 최정희가 전보다 더 환한 얼굴을 했다.

"지유가 정말 어른이구나. 지유야, 그럴 일은 없겠지만 현우한테 무슨 일이 생기면 지유가 꼭 옆에서 돌봐주렴."

"네, 어머님."

최정희가 대견하고 애정이 가득한 눈길로 송지유의 머리를 쓰다듬어 주었다.

화기애애한 분위기 속에서 저녁 식사가 마무리되었다. 현우와 송지유는 거실에서 김형식과 이런저런 이야기를 나누고 있었다.

"현우야, 밴은 잘 쓰고 있다. 남철이랑 다들 고맙다고 전해 달라고 했어."

"뭘요. 아직 3천만 원도 못 갚았는데요, 아버지."

"정말 열 배로 갚을 거냐?"

"당연하죠. 그러니까 조금만 기다리세요."

"하하, 기다리마. 요즘 회사는·어떠냐?"

현우가 부담을 느낄까 봐 평소 어울림의 경영에 대해서 일절 묻지 않던 김형식이다. 송지유도 보고 기분도 좋겠다, 마음 속에 담아둔 궁금한 것을 아들 현우에게 물었다.

현우도 아버지의 질문이 반가웠다.

"지금까지는 순조로워요. 지유 정규 앨범도 대박 났고 음원 성석도 좋아요. 시유 정규 앨범 활동 마무리하면 프아돌 아이들도 정식으로 데뷔시킬 생각입니다. 아마 그때쯤엔 더 바빠질 거예요, 아버지."

"잘하고 있구나, 현우야."

"다 아버지한테 보고 배운 거죠."

"녀석, 넉살은."

말은 그렇게 하면서도 김형식의 얼굴 가득 흐뭇함이 엿보였다.

"그리고 지유, 영화 출연해요, 아버지."

"영화까지?"

김형식이 조금 놀란 얼굴을 했다.

"뜻하지 않게 기회가 와서요. 정확히 말씀드리자면 제가 오지랖을 부리긴 했는데, 잘될 거예요."

"하하, 지유가 말한 대로 오지랖은 오지랖이구나. 근데 현우 네가 원래 그런 성격이었냐? 요즘 들어 널 보면 훌쩍 커버린 것 같아."

현우는 뜨끔했다. 그렇다고 아버지에게 10년이라는 세월을 거슬러 돌아왔다고 말할 수는 없었다. 아직까지는 말이다.

"그러게요. 앞으로는 오지랖 좀 줄여보려고요."

대화를 나누는 사이 최정희가 커피와 과일을 가지고 왔다. 송지유가 벌떡 일어나 최정희로부터 쟁반을 받아 들었다.

"지유야, 두 부자만 이야기하고 심심했지?"

"네, 어머님. 심심했어요."

"호호!"

최정희가 송지유의 손을 잡고 거실로 앉았다. 그리고 과일을 깎으려는데 송지유가 얼른 과도를 집어 들었다. 현우의 눈썹이 한쪽으로 올라갔다.

"네가 깎는다고?"

"네. 왜요?"

"과일 깎을 줄 알아?"

송지유가 순간 무언의 협박을 담아 현우를 노려보았다. 현우가 멋쩍게 웃었다.

송지유가 사과를 집어 들었다. 그리고 사과를 깎기 시작했는데 사과 껍질이 뚝뚝 끊어지며 쟁반으로 떨어졌다. 수많은 사람들 앞에서도 떨지 않는 송지유가 당황해하고 있는 모습이 웃겨 현우는 또 킥킥 웃었다.

"악! 엄마!"

"지유가 이렇게 열심히 과일도 깎는데 대표라는 녀석이 그게 재미있다고 놀리면 되니? 지유야, 줘봐. 엄마가 가르쳐 줄게."

최정희가 송지유의 옆에 바싹 붙어 앉아 과도를 들고 사과를 깎았다.

"봐봐. 엄마가 하는 것처럼 이렇게 힘주지 말고 살살 돌려서 깎으면 된단다. 쉽지?"

유심히 사과를 깎는 것을 지켜보던 송지유가 과도를 건네받고 사과를 마저 깎기 시작했다. 처음과 달리 사과 껍질이 술술 벗겨졌다.

"오, 송지유!"

현우가 감탄했다.

그런데 갑자기 송지유가 눈물을 뚝뚝 흘렸다.

"지유야?"

현우가 놀란 얼굴을 했다. 사과를 깎는 송지유를 보며 흐뭇해하던 최정희와 김형식도 놀랐다.

"죄송해요. 갑자기 엄마가 생각이 나서요."

송지유가 얼른 눈물을 훔쳤다. 최정희가 안쓰러운 얼굴을 했다. 현우로부터 어릴 적 송지유의 어머니가 지병으로 돌아가셨다는 말을 들은 적이 있다.

"이리 오렴."

최정희가 송지유를 품 안에 안아주었다. 그리고 등을 다독여 주었다.

"지유아, 그동안 많이 힘들었지? 이제 다 잘되고 있으니까 더 이상 속상한 일은 없을 거야. 그리고 언제든지 우리 집에 놀러 와. 엄마가 지유 좋아하는 음식 해줄게. 응?"

"감사합니다, 어머니. 자주자주 놀러 올 거예요."

"그래. 나야 좋지. 딸 하나 생겼다고 생각하면 되겠어."

최정희와 송지유의 다정한 모습이 보기 좋았다. 하지만 현우는 마냥 마음이 편하지만은 않았다. 송지유의 어릴 적 상처가 생각보다 깊게 남아 있다는 생각이 들었다.

'얼룩이라는 게 쉽게 지워지는 게 아니니까. 지우려고 하면 할수록 더 힘들기만 하겠지.'

송지유가 화장실로 가서 옷매무새를 고치고 다시 돌아왔다. 그리고 쇼핑백을 내밀었다.

"이게 뭐니, 지유야?"

최정희가 조심조심 쇼핑백을 열었다. 귀여운 유리병에 노란색 모과가 꿀과 함께 가득 들어차 있었다.

"모과차네?"

"네. 비타민 C도 많고 감기에 좋고 면역력도 높여준다고 해요, 어머니."

"지유 네가 직접 만든 거니?"

"네. 밤에 쌀쌀하잖아요. 자주 챙겨 드세요. 그리고 이건 사장님 드릴게요."

쇼핑백에서 작은 상자가 나왔다. 상자를 받아 든 김형식이 곤란한 얼굴을 하다 하하 웃었다. 선물의 정체는 바로 금연 담배였다.

"사장님 담배 많이 피우시잖아요. 꼭 끊으세요."

"근데 지유야, 현우 엄마는 모과차인데 나는 왜 이런 선물을 주는 거냐? 서운한데?"

"서운하긴 뭐가 서운해요? 지유가 다 우리 생각해서 준 선물인데. 당신도 이참에 담배 끊어요. 현우는 담배도 끊었잖아요."

최정희까지 합세해 김형식을 몰아붙였다.

적막하던 집안이 뭐랄까, 소란스럽고 활기가 넘쳐났다. 그리고 현우는 그 모습이 참 보기 좋다는 생각이 들었다.

* * *

S&H 내 회장실로 무거운 공기가 흐르고 있다. 책상으로 손가락을 튕기며 이장호 회장이 소파에 앉아 있는 엘시를 쳐다보고 있었다. 이석우 실장도 굳은 얼굴을 하고 있었다.

침묵은 계속되었다. 하지만 엘시는 앙다문 채 끝까지 입을 열지 않았다. 사무실 안에 울리던 딱딱 소리가 어느 순간 잦아들었다.

"다연아."

이장호가 조용히 엘시를 불렀다.

"나랑 S&H는 너랑 걸즈파워 멤버들을 위해서 최선을 다했다고 생각한다. 한데 네가 우리 S&H와 나한테 큰 실망감을 주는구나."

"경솔했다, 다연아. 회장님께 어서 사과드려라."

이석우까지 이장호를 거들었다. 엘시가 고개를 똑바로 들었다.

"가슴에 손을 얹고 최선을 다했다고 말하실 수 있어요, 회장님?"

"난 최선을 다했다."

"아뇨. S&H랑 회장님 본인한테만 최선을 다하신 거겠죠."

"말이 너무 심하구나!"

이장호가 언성을 높였다. 엘시는 물러설 생각이 없었다.

"일 년에 우리 멤버들 휴가가 얼마나 되는지 아세요? 단 하루도 휴가가 없어요! 어릴 때는 스타가 되기 위해서 어쩔 수 없이 평범한 삶은 포기해야 한다는 회장님 말을 굳게 믿었어요. 그런데 지금 저한테 남은 건 불면증과 우울증밖에 없어요!"

"네가 가지고 있는 돈과 명예, 인기는? 그런 것들은 하나도 생각하지 않는 게냐?"

"네! 다 필요 없어요! 차라리 가수가 되기 전으로 돌아가고 싶을 정도예요! 돈, 명예, 인기? 그게 다 무슨 소용이죠? 제 마음은 이미 죽어 있는데요? 무대에 올라가서 가짜 웃음 짓는 것도, 방송에 나가서 활발하고 쿨한 여자처럼 연기하는 것도 이제 지겨워요!"

엘시가 절규했다. 깜짝 놀란 매니저들이 문을 열고 들어오기까지 했다.

"저 쉬고 싶어요. 당분간 쉬게 해주세요."

"안 돼. 이석우 실장, 걸즈파워 아시아 투어 차질 없이 진행하게. 엘시 솔로 앨범 준비도 시작해."

이장호는 엘시의 절규에도 눈 하나 깜짝하지 않았다.

"지금이 적기야. 2년만 더 활동하고 그때는 휴식 기간 충분히 주마. 너도 알다시피 우리 S&H 쪽에서 투자한 드라마랑 영화 쪽 상황이 좋지 않아. 자금을 확보하려면 엘시 너랑 걸즈파워의 도움이 꼭 필요하다. 대신에 네가 그토록 원하던 솔로 앨범도 내주마. 어떠냐, 내 제안이?"

"싫어요!"

엘시는 단호했다. 그 순간 이장호가 전화기를 들었다.

"강 실장 들어오게."

사무실 문이 열리고 강철태가 나타났다.

"재생시켜."

노트북을 꺼내 든 강철태가 동영상 하나를 재생했다.

순간 엘시의 눈동자가 흔들렸다. 이지수와 배하나를 괴롭히던 S&H 연습생들을 나락으로 떨어뜨린 그 동영상이 흘러나오고 있었다.

"엘시 네가 어울림 쪽에 이 동영상을 넘겨준 거 이미 다 알고 있다. 강 실장이 그러더구나. 네가 오래전에 이 동영상을 가지고 찾아왔었다고 말이야. 왜 그런 거냐? 회사를 향한 반감 때문에? 아니면 정말 김현우 대표랑 무슨 사이라도 되는 거냐?"

엘시의 작은 주먹이 세차게 흔들렸다. 엘시가 눈물을 뿌리며 자리를 박차고 일어났다.

"그만하세요! 그래요! 내가 그 동영상을 넘겼어요! 뭐 잘못됐나요? 애초에 강 실장님이 지수랑 하나를 괴롭히던 걸 방관만 하지 않았다면 이런 일도 없었어요! 제가 잘못한 거예요? 잘못한 건 지수랑 하나를 괴롭힌 아이들이고, 그걸 보고도 모른 척했던 강 실장님이에요! 그리고 회장님도 방송에 이걸 이용하신 거잖아요! 자업자득이에요! 모르시겠어요?!"

"넌 아직도 애 같구나. 나보고 그 말을 믿으라고? 김현우 그 녀석이 너한테 뭐라도 되는 거냐?"

"그만! 그만!"

엘시가 비명을 질렀다.

"그래서 정우 오빠도 그렇게 잔인하게 내쫓으셨어요?!"

정우라는 말에 이장호와 이석우의 얼굴이 동시에 굳었다.

"정우 오빠는 제가 아무것도 모르고 서울로 올라와 연습생 생활을 할 때 친오빠처럼 의지하던 사람이었어요! 그런데 제 말은 하나도 믿지 않고 쫓아내셨잖아요! 협박까지 하셨잖아요!"

"넌 그때 미성년자였어!"

"난 정우 오빠를 이성적으로 생각해 본 적 한 번도 없어요! 정우 오빠도 마찬가지였어요!"

"그건 모르는 일이다."

"김현우 대표님, 절대 건드리지 마세요! 나랑은 아무 상관도 없는 사람이에요! 만약에 정우 오빠 때처럼 건드리면 저도 가만있지 않을 거예요!"

"이다연, 그때랑 다를 게 없어! 또 이럴 게냐?!"

"다를 게 없죠! 전 떳떳하니까요! 갈래요! 붙잡지 마세요!"

엘시가 사무실을 나섰다. 매니저들이 급히 따라가려 했지만 엘시는 매니저들의 손길을 모두 뿌리쳤다.

스포츠카에 올라탄 엘시가 시동을 걸었다. 작고 하얀 두 손이 덜덜 떨리고 있었다. 매니저들이 창문에 달라붙어 무어라 계속 말을 걸었지만 소용없었다.

부아앙!

빨간색 스포츠카가 굉음을 토해내며 S&H를 벗어났다. 목적지는 없었다.

＊　　　＊　　　＊

"오늘 수고했어. 선물도 고마웠고. 부모님이 좋아하시더라."

"좋아하셨다니 다행이에요. 어머님 피곤하시지 않았을까요? 음식을 너무 많이 차리셨어요."

"그래서 너랑 나랑 다 먹었잖아. 나는 너 그렇게 잘 먹는지 처음 알았다."

현우가 빙그레 웃었다. 부모님에게 살갑게 딸처럼 대해준 송지유가 너무 고마웠다. 하늘을 올려다보니 오늘따라 가을 밤 공기가 시원하고 상쾌했다.

그동안 쌓인 정신적인 피로가 단번에 씻기는 것 같은 느낌이 들었다. 아파트 입구에 서서 현우와 송지유는 가을 밤하늘을 올려다보고 있었다.

"아까 고마웠다."

"뭐가요?"

"오지랖이라……. 앞으로 좀 줄여볼게. 근데 말처럼 쉬울 것 같지는 않아."

"나도 강요하는 건 아니에요. 오빠의 장점이 될 수도 있다고 생각해요. 하지만 세상일이라는 게 우리 생각대로만 돌아가는 게 아니잖아요? 오빠의 호의를, 오빠의 능력을 이용하려고 하는 사람도 나타날 거예요."

"내가 너한테 많이 배우네."

"사람을 보고 사회적 동물이라고 하잖아요. 오빠랑 나처럼 서로 의지하는 좋은 인연도 있지만 그렇지 않은 인연도 나타날 수 있어요. 사람을 쉽게 믿지 말아요, 오빠."

"너처럼?"

송지유가 잠시 머뭇거렸다. 그리고 한 박자 늦게 대답했다.

"나는 사람을 믿지 않아요. 하지만 오빠는 믿어요."

"그런 것 같다. 점점 나한테 잘해주잖아."

"몰라요."

잠시 대화가 끊겼다. 하지만 현우는 느낄 수 있었다.

가을 밤하늘 탓인지, 아니면 부모님을 소개해 준 까닭인지는 모르겠지만 왠지 모르게 송지유와 더 가까워졌다는 생각이 들었다.

"슬슬 추워진다. 들어가."

"내일 봐요. 오빠도 일찍 들어가서 자요. 사무실 가서 캔 맥주 마실 생각은 하지 말아요."

"완전 도산데? 어떻게 알았어?"

"몰라요. 들어갈게요."

송지유가 살랑살랑 가을바람에 머리를 휘날리며 현우의 시야에서 멀어져 갔다.

"가볼까."

현우도 SUV에 올라탔다. 충전 중인 핸드폰을 확인하자 엘시로부터 부재중 전화가 세 통이나 와 있었다.

"엘시가 나한테 전화를?"

현우는 곧바로 전화를 걸었다. 하지만 신호만 갈 뿐 엘시는 전화를 받지 않았다.

"자나?"

대수롭지 않게 생각하며 현우는 시동을 걸었다. 그리고 아파트 단지를 벗어났다.

"흐음."

현우는 습관적으로 미니 냉장고를 열어 맥주 캔을 꺼내려 했다. 하지만 아쉬운 표정을 짓고 다시 냉장고 문을 닫았다. 곧장 집으로 가서 쉬라던 송지유의 말이 떠올랐기 때문이다.

대표실 책상에 앉아 현우는 노트북을 들여다보고 있었다. 송지유의 정규 앨범 1집은 초대박이 났다. 기대한 것 이상의 성적이었다. 데뷔곡 '종로의 봄'보다 더 큰 인기를 얻고 있다고 해도 과언이 아니었다.

그리고 광고 제의와 예능 프로그램 섭외가 밀려들어 왔다.

손태명이 정리해 놓은 문서들을 살펴보며 현우는 앞으로의 스케줄을 구상했다.

드르륵.

갑자기 핸드폰이 울렸다. 그렇지 않아도 아까부터 신경 쓰고 있던 현우이다. 발신자를 확인해 보니 엘시였다. 한 시간이 조금 넘어 다시 연락이 온 것이다.

현우는 급히 통화 버튼을 눌렀다.

"전화 받았습니다."

―이제 전화 받네요. 저 엘시예요, 대표님.

"네, 알고 있습니다."

전화기 너머로 안도의 한숨 소리가 들려왔다.

―우리 와인 같이 마셔요.

현우는 손목을 슥 쳐다보았다. 손목시계의 바늘이 새벽 2시 근처를 훌쩍 지나 있었다.

"시간이 늦었습니다, 엘시 씨. 스케줄 한가할 때 보는 건 어때요?"

―싫어요. 오늘 대표님이랑 와인 마실래요. 약속도 하셨잖아요. 네?

엘시가 칭얼거리며 떼를 쓰고 있는 것 같은 느낌이 들었다.

"알겠습니다. 지금 어디 있어요?"

―길 건너 주차장에 있어요.

"네?"

—놀랐죠? 그렇죠?

"네. 뭐, 조금."

—빨리 오세요. 기다릴게요.

툭.

엘시가 먼저 전화를 끊었다. 현우는 대충 정리를 하고 어울림을 나섰다. 공터 주차장에 도착해 보니 어울림의 밴들 사이로 빨간색 스포츠카 한 대가 보였다.

"하아, 진짜였구나."

S&H의 간판스타 엘시가 어울림 엔터테인먼트의 주차장에서 차를 세워놓고 있다? 기자들에게 알려지기라도 한다면 대형 스캔들로 번질 수도 있는 일이었다. 현우는 아찔함에 숨을 고르며 스포츠카로 다가갔다.

시동이 꺼져 있다.

똑똑.

현우가 창문을 두드렸다. 그러자 운전석 쪽 문이 열렸다. 조수석 쪽에 엘시가 앉아 있고 운전석은 비어 있었다. 다행히도 대리운전으로 이곳까지 온 것 같았다.

"술 마셨습니까?"

"네. 전화 안 받으셨잖아요. 그래서 혼자 조금 마셨어요."

"후우."

"어? 한숨 쉬시는 거예요?"

"당연하죠. 지금 시간이 몇 시인지 압니까? 그리고 여기가 어디인 줄 알고 온 겁니까?"

현우가 진지한 분위기로 엘시를 질책했다. 엘시의 입꼬리가 살짝 올라가 있다. 그러다 풋 하고 웃음을 터뜨렸다.

"웃으라고 한 말 아닙니다."

"알아요. 근데 옛날의 그 누가 생각났어요. 그래서 웃었어요. 대표님처럼 딱딱한 얼굴로 지금 시간이 몇 신지 알아? 여기가 어디인 줄은 알고 있어? 이렇게 매일 구박하던 사람이 있었어요."

굵직한 남자 목소리까지 흉내 내다가 엘시가 까르르 웃었다. 그러더니 점차 웃음소리가 잦아들었다.

방금 전만 하더라도 까르르 웃더니 지금은 또 혼자 사색에 잠겨 있다. 술을 마셔서 그런 것일 수도 있었다. 하지만 저번에 느낀 것처럼 엘시는 꼭 언제 터질지 모르는 시한폭탄 같은 느낌이 났다.

'폭탄이 터지게 둘 수는 없지.'

현우는 일단 운전석에 올라탔다.

철컥.

차 문이 닫히자 엘시로부터 향긋하면서도 알싸한 와인 향기가 진하게 풍겨왔다. 굵직한 엔진 소리와 함께 시동이 걸렸다. 그제야 엘시가 정신을 차리고 현우를 쳐다보았다.

"와인 마시고 온 거 맞죠?"

"네, 대표님."

"술은 적당한 것 같고 해장이나 하러 갑시다. 해물수제비 좋아해요?"

"네?"

"와인은 다음에 내가 사겠습니다. 오늘은 해장만 하고 숙소로 돌아가는 걸로 해요."

"정말 사주실 거죠?"

"그럼요. 약속은 지킵니다."

"그럼 해물수제비 먹으러 가요! 김 기사, 출발!"

엘시가 또 텐션이 올랐다. 피식 웃으며 현우는 운전대를 잡았다. 빨간색 스포츠카가 연남동을 벗어났다.

*   *   *

상수동 허름한 뒷골목으로 포장마차 몇 개가 자리를 잡고 있다. 상가 주차장에 주차를 하고 현우와 엘시는 자그마한 포장마차로 들어갔다.

"이모, 해물수제비 중 자 하나만 주세요."

현우가 주문했다. 손님이 아무도 없었다. 엘시가 쓰고 있던 모자를 벗었다. 그리고 천천히 포장마차 안을 눈에 담고 있다.

"마음에 들어요?"

"네. 어릴 때 삼촌이랑 가끔 동네 포장마차에 간 적이 있어요. 옛날 생각난다."

"다행이네요."

얼마 가지 않아 포장마차 이모가 해물수제비가 담긴 뚝배기를 가지고 왔다. 그러더니 현우를 보며 고개를 갸웃했다.

"저번에 그 아가씨는?"

"네?"

괜스레 당황스러웠다. 몇 번 송지유와 이곳에서 저녁을 먹은 적이 있다. 엘시가 킥킥 웃음을 흘렸다.

"이모님, 제가 새 여자 친구예요."

"그, 그래요? 마, 맛있게들 먹어요. 미안해요."

포장마차 이모가 황급히 주방으로 사라졌다.

엘시는 계속해서 웃고 있었다. 현우만 혼자 쓴웃음을 지었다.

"지유한테는 비밀로 해요."

"네, 그러죠, 뭐."

현우는 엘시의 앞 접시에 먹기 좋게 수제비를 덜어주었다. 김이 모락모락 피어올랐다. 엘시가 천천히 수제비를 입으로 가

저가 베어 물었다. 그러더니 두 눈동자가 동그래졌다.

"맛있어요."

입을 오물거리다가 국물까지 쭉 들이켰다.

어느 정도 배도 차고 산만하던 분위기도 조금은 진지해졌다. 숟가락을 내려놓으며 현우가 조용히 입을 열었다.

"무슨 일 있었어요?"

순간 엘시의 눈동자가 흔들렸다.

"어떻게… 아셨어요?"

엘시의 목소리가 착 가라앉았다. 그리고 현우를 빤히 쳐다보았다.

뭐라고 대답해야 할지 현우는 난감했다. 속상하거나 우울한 일이 있으면 일부러 더 밝은 척을 하는 것 같다는 말을 꺼내기가 쉽지 않았다.

"그냥 압니다."

"정우 오빠도 그렇게 말했어요. 그냥 안다고. 그냥 다 안대요."

그렇게 말하고 엘시가 굳게 입을 닫았다.

'정우 오빠라고? 그 사람은 누구지?'

마치 입에 올려서는 안 되는 사람의 이름을 언급한 것처럼 엘시가 불안해했다.

"대표님은 그 사람이랑 많이 닮았어요."

엘시가 속삭이듯 말했다.

"……."

"대표님 때문에 잊고 있던 정우 오빠가 자꾸만 생각나요. 그래서 힘들어요."

"미안합니다."

솔직히 무슨 말인지 완전히 이해할 수는 없었다. 하지만 엘시는 진지했다.

"아니에요. 저 살짝 미친 애라고 생각하셔도 괜찮아요. 친한 사이도 아닌데 매일 불쑥 연락하고 오늘도 불쑥 찾아오고… 미안해요."

"괜찮습니다."

그저 괜찮다는 말밖에는 해줄 말이 없었다. 대체 무슨 일이 있었는지, 그리고 그 정우라는 사람이 누구인지 묻기에는 엘시의 상처가 깊어 보였다. 그 상처의 무게감을 짐작할 수 있었기에 현우는 조용히 엘시를 지켜보기만 했다.

엘시가 소주 한 병을 시켰다. 그리고 비어 있는 잔으로 소주를 채워 넣었다.

"어른이 되면 소주 한잔 사주겠다고 약속을 했는데… 약속은 변함이 없는데… 그 사람은 없어요. 사주고 싶어도 사줄 수가 없어요. 나 돈 많은데."

엘시가 잔을 비웠다. 두 눈에서 눈물이 흘러내리고 있었다.

10분, 20분, 30분. 시간은 자꾸 흘러갔다. 엘시는 아무런 말 없이 소주잔을 비웠고, 현우는 그저 그런 엘시를 묵묵히 바라보기만 했다.

마지막 잔을 비운 엘시가 현우를 보며 배시시 웃었다.

"같이 술 마셔줘서 고마워요, 대표님."

"아닙니다. 이제 마음이 조금 풀렸어요?"

"네. 아주 많이요. 그리고 저 당분간 휴식 시간을 가지려고 해요."

"그래요? 잘됐네요. 푹 쉬도록 해요. 엘시 씨를 많이 본 건 아니지만 사실 많이 지쳐 보였습니다."

"그렇죠? 대표님이 그렇게 말씀해 주시니까 더 용기가 나요."

자리에서 일어나려던 엘시가 비틀거렸다. 현우는 급히 엘시의 팔을 붙잡아주었다. 계산을 하고 현우는 비틀거리는 엘시를 스포츠카에 태웠다. 조수석에 타자마자 엘시가 잠이 들어버렸다.

'대책 없는 아가씨네. 후우, 일단 숙소로 가자.'

지번에 흰 빈 가본 적이 있다. 현우는 걸즈파워의 숙소로 차를 몰았다.

지하 주차장에 주차를 한 다음부터가 문제였다. 숙소가 몇 동, 몇 호인지 도무지 알 길이 없었다.

난감한 상황 속에서 엘시의 핸드폰이 울렸다.

"엘시 씨, 일어나 봐요."

이름을 불러도 엘시는 잠에서 깨어나지를 않았다. 결국 현우는 핸드백에서 핸드폰을 꺼냈다. 천만다행히도 걸즈파워 멤버인 유나의 전화였다.

─언니? 다연 언니?

"유나 씨, 어울림의 김현우 대표입니다."

─네, 네? 김현우 대표님요? 정말이에요?

"맞습니다. 엘시 씨가 많이 취했어요. 숙소 주차장입니다. 와주실 수 있겠습니까?"

─다, 당연하죠! 바로 내려갈게요!

전화를 끊고 현우는 운전석에서 내렸다. 몇 분 지나지 않아 모자를 깊게 눌러쓴 유나가 나타났다.

어떻게 이 상황을 설명해야 할지 현우는 머릿속이 복잡했다. 하지만 유나는 의의로 태연한 얼굴을 하고 있었다.

"죄송해요. 곤란하셨죠? 괜찮으세요?"

마치 이 상황을 다 짐작하고 있다는 듯 유나는 현우에게 사과부터 했다.

'나를 만난다는 걸 알고 있었구나.'

그사이 유나가 엘시를 부축해 일으켰다.

"정우 오빠."

엘시의 중얼거림에 유나가 눈을 크게 떴다. 그리고 현우를 향해 미안한 표정을 지었다.

"혹시 다연 언니가 정우 오빠에 대해서 이야기했나요?"

"자세히는 듣지 못했습니다. 하지만 대략 이해는 하고 있습니다."

"아, 일단 저 좀 도와주세요."

"그러죠."

현우와 유나는 엘시를 부축해 무사히 숙소 안으로 들어왔다. 다행히 다른 멤버들은 보이지 않았다.

"그럼 저는 가보겠습니다."

걸즈파워의 숙소에 발을 들인 것 자체가 위험한 행동이었기에 현우는 서둘러 신발을 신었다.

"저어… 대표님."

유나가 나가려는 현우를 붙잡았다.

"근처에 24시간 카페가 있어요. 30분만 시간 좀 내주세요."

"혹시 엘시 씨랑 관련된 일입니까?"

"네. 언니는 불안한 상태이고 대표님을 더 곤란하게 만들 수도 있을 것 같아서 제가 설명해 드려야 할 것 같아요."

"그래요, 그럼."

"네. 잠시만요. 마스크만 쓰고 나올게요."

유나가 서둘러 얼굴을 가렸다. 그리고 펑퍼짐한 겉옷까지 걸쳤다.

인적이 드문 24시간 카페에 현우와 유나는 서로를 마주하고 앉았다. 애꿎은 손톱만 뜯을 뿐 유나는 쉽사리 말을 꺼내지 못하고 있었다. 직원이 가져다준 커피가 제법 식었을 무렵 유나가 마스크를 벗었다.

"어떻게 설명해야 할지 어려워요."

"편하게 말해요. 괜찮습니다."

유나가 커피를 조금 들이마셨다. 그리고 입을 떼었다.

"저희 걸즈파워가 연습생 생활을 할 때부터 돌봐주던 매니저가 있었어요. 어린 시절부터 봐와서 저희한테는 매니저라기보다는 오빠, 삼촌 같은 사람이었어요. 저희가 첫 데뷔를 한 날에도, 첫 1위를 하던 날에도 항상 저희 곁에는 정우 오빠가 함께했어요. 특히 다연 언니가 정우 오빠를 많이 의지하고 따랐는데, 그게 문제가 될 줄은 아무도 몰랐어요. 활동이 바빠지고 일본 진출까지 해서 저희 멤버 다 너무 힘들었고, 그중에서 다연 언니가 제일 힘들어했어요. 그래서 정우 오빠한테 많이 의지했는데… 회사에서는 다연 언니랑 정우 오빠가 서로 좋아하는 사이라고 오해했나 봐요. 두 사람이 절대 그런 사이가 아니라고 말했는데도 회장님이랑 실장님이 정우 오빠를 쫓아냈어요. 그때부터 다연 언니가 조금씩 변한 것 같아요. 더 소심해지고, 더 우울해하고, 더 힘들어해요. 그러다가 맑은이슬 프레젠테이션 때 김현우 대표님을 본 거예요. 저희 멤버들도 많이 놀랐어요. 대표님을 보는데 꼭 정우 오빠를 보는 것 같았어요. 심지어 이름도 비슷해요. 김정우, 김현우."

"그렇게 많이 닮았습니까?"

유나가 고개를 끄덕거렸다.

"분위기랑 느낌이 정말 똑같아요. 그래서 다연 언니가 김현우 대표님을 보면서 정우 오빠를 떠올리고, 또 그래서 죄책감도 느끼는 것 같아요."

"죄책감이라……."

"네. 어쨌든 정우 오빠는 S&H를 떠나게 되었으니까요. 다연 언니는 그게 전부 자기 탓이라고 생각하고 있어요. 솔직히 말하면 저도 힘들 때는 정우 삼촌이 보고 싶을 때가 많아요. 그러니 다연 언니는 더할 거예요."

현우는 조용히 생각에 잠겼다.

매니저와 연예인. 철저하게 비즈니스적인 관계가 대부분이지만, 보통 사람들은 상상도 하지 못할 만큼 유대 관계가 끈끈한 경우도 있었다.

엔시의 경우 중학교 무렵부터 서울에 올라와 혼자 연습생 생활을 했다고 했으니 그 김정우라는 매니저는 단순히 매니저를 떠나 심적인 의지의 대상이었을 것이다.

"미리 죄송하다는 말씀을 드릴게요. 어쩌면 오늘 같은 일이 또 있을 수도 있어요. 하지만 저희 언니를 불쌍하게 생각해

주세요. 부탁드릴게요. 그때는 저를 불러주세요."

현우는 가만히 유나를 살펴보았다. 진심으로 엘시를 걱정하고 있는 게 느껴졌다.

"알겠습니다. 그때는 유나 씨 도움을 받기로 하죠."

현우의 말에 유나의 얼굴이 환해졌다. 걸즈파워의 비주얼 멤버답게 사방이 환해지는 것 같았다.

"다연 씨 일어나면 해장은 꼭 하라고 전해줘요."

"네. 그렇게 할게요, 대표님."

두 사람은 카페를 나왔다. 현우는 숙소 근처까지 유나를 데려다 주고 택시를 잡았다.

택시를 타고 집으로 가는 길 내내 마음이 복잡했다. 대한민국 최고의 아이돌이라 평가받는 엘시에게 이토록 무거운 사연이 있으리라곤 상상도 하지 못했다.

'내가 곁에 없으면 지유는 어떨까?'

문득 송지유가 생각났다. 그러다 현우는 피식 쓰게 웃었다. 아무도 모르는 곳으로 사라진다고 해도 아무도 모르는 방법으로 자신을 찾아낼 송지유였다.

*   *   *

정규 앨범 1집 '가을'의 인기가 계속해서 치솟고 있었다. 타이틀곡 '낙엽편지'는 물론 김동철의 달달한 사랑 누래 '말예요'와 최현의 이별 노래 '가을, 빗소리'도 음원 차트 2위와 3위 자리를 두고 치열한 경쟁을 거듭하고 있었다. 오승석의 송지유 버전 '소녀는 무대 위에'도 4위 자리를 굳건히 지키고 있었다.

송지유가 부른 곡들이 음원 차트에서 도무지 내려올 생각을 하지 않고 있었다. '종로의 봄' 때 호되게 당한 기억이 있는 기획사들은 소속 아이돌 그룹과 가수들의 앨범 발매까지 미루고 있는 실정이었다.

'정호 형님의 곡까지 공개되면 진짜 뒤집어지겠네.'

장성률과 김동철, 최현 같은 싱어송라이터들이 하나씩 곡을 주었다. 그런데 여기에 김정호의 곡까지 싣게 된다면 과유불급이라는 판단이 들었다. 현우는 김정호가 만든 곡은 마무리 앨범이라고 해서 따로 싱글로 발매할 계획을 가지고 있었다.

다른 기획사들이 이 이야기를 듣는다면 뒤로 넘어갈 만한 일이었지만 아직까지는 어울림 식구들만 알고 있는 극비였다.

현우는 아침 일찍부터 사무실로 나온 손태명과 함께 최종적으로 스케줄을 조정하고 있었다.

"캔 커피 광고랑 맥주 광고, 그리고 냉장고 광고만 일단 하는 걸로 하자, 태명아."

"다른 광고들은?"

손태명이 크게 아쉬워했다. 앞서 현우가 말한 광고 세 개 말고도 화장품 광고가 두 개, 아이스크림 광고 한 개가 들어와 있었다.

"화장품은 이미 광고 나가는 곳이 있잖아. 상도덕은 지켜야지. 아이스크림 광고는 콘티가 너무 싸구려야. 지유 이미지랑 전혀 안 맞아."

"그렇긴 하지. 근데 좀 아쉽다."

"돈의 노예가 되지는 말자고."

"그래야지. 축제 행사는?"

손태명이 가장 중요한 것을 물어왔다. '종로의 봄' 때는 대학교 축제 무대에 송지유를 세우지 않았다. 이미 축제 시즌 가수 섭외가 거의 대부분 끝난 영향도 있었지만, 학업도 병행해야 했고 신인인 송지유에게 부담을 주기도 싫었다.

또 현우는 대학 축제에 아이돌이나 가수를 부르는 것에 대해서 그다지 좋게 생각하고 있지 않았다. 피땀 어린 비싼 등록금이다. 캠퍼스 시설이나 장학금 같은 실질적인 곳에 투자하지는 못할망정 고액의 출연료를 주고 가수들을 섭외한다는 것 자체에 회의적인 생각이 컸다.

고작 한두 시간 가수들의 노래를 듣는 데 수억의 돈이 낭비되고 있었다. 자금 사정이 어려운 것도 아닌데 굳이 대학 축제 무대에 송지유를 세우기 싫었다.

"지유 페이가 얼마야, 대충?"

"3,500 정도?"

"그렇게나 많아?"

현우는 듣고서도 깜짝 놀랐다. 현우가 알기로 최정상 걸 그룹인 걸즈파워의 섭외 비용이 3,000만 원 선이었다. 송지유는 무려 500만 원이나 더 높았다.

"왜, 생각이 좀 달라졌어?"

"아니, 비싼 등록금 내고 학교 다니던 게 좀 억울해서. 어쨌든 축제 행사는 빼줘."

"그래, 그럴게."

'그와 그녀의 흔한 첫사랑'의 크랭크인 일정이 조만간 확정 난다. 그사이 음악 방송을 한 번 정도 더 순회할 계획이다. 그리고 아쉬워하는 팬들을 위해서 예능 프로그램도 하나 정도는 나갈 생각이다.

"지유, 예능 프로 하나만 하자."

"전에는 해피 프렌즈로 끝낸다며?"

"그러려고 했는데 그럼 팬들이 서운해할 거야. 지유 곧 온다니까 물어나 보자고."

오전 11시 정각이 되자마자 송지유가 3층 사무실로 나타났다.

"저 왔어요."

"오케이."

"보자마자 뭐가 오케이에요?"

"영화 들어가기 전에 음악 방송 한 번씩만 더 나가자. 네 팬들이 방송국 홈페이지에 글 남기고 난리란다."

현우의 말에 송지유가 살짝 웃었다.

"다들 귀엽네요. 그럼 그렇게 해요."

"예능 프로도 하나 할래? 이리 와서 앉아봐."

송지유가 현우의 옆에 앉았다. 현우는 방송국에서 보내온 기획안을 정리해 놓은 문서를 송지유의 앞으로 쫙 깔아주었다.

이름만 들으면 다 아는 예능 프로그램의 기획안이었다. 송지유가 챙겨온 두유에 빨대를 꽂으며 기획안을 살펴보기 시작했다.

그러다 기획안 하나를 콕 집어 가리켰다.

"저, 이거 할래요."

종로구 창신동에 위치한 창신여고 운동장을 초록색 밴 하나가 가로지르고 있다. 밴은 후문 쪽 교사 주차장에 들어와서야 비로소 멈추었다.

시동을 끈 다음 현우는 뒤쪽으로 몸을 돌렸다.

"긴장되지?"

"조금요. 거정이에요. 아무 말도 없이 학교에 불쑥 찾아온 거잖아요."

"나도 썩 마음에 들지는 않아. 근데 어쩌겠어. 제작진은 시청자들에게 상황을 보여줘야 할 의무가 있잖아. 그리고 극적으로 연출하는 만큼 아이에게도 큰 도움이 될 거야."

"그렇긴 하지만……."

송지유가 길게 한숨을 내쉬었다.

"가요. 어떤 아이일지 궁금해요."

"오케이."

현우와 송지유가 밴에서 내렸다. 미리 대기하고 있던 제작진과 카메라가 송지유 주변을 둘러쌌다.

허벅지를 살짝 덮는 빈티지 청치마에 파란색 스프라이트 무늬 블라우스 차림을 한 송지유가 창신여고 후문으로 걸음을 옮겼다. 희끗한 머리의 교감이 미리 마중을 나와 있었다.

"안녕하세요, 교감 선생님? 송지유입니다."

송지유가 꾸벅 고개를 숙였다.

"허허, 저희 창신고등학교에 잘 오셨습니다. 먼저 교무실로 가시죠. 제가 안내해 드리겠습니다, 지유 씨."

송지유가 교감을 따라 교무실로 향했다. 현우는 제작진과 함께 송지유의 뒤를 따랐다. 다행히 수업 중이어서 복도는 한산했다.

1층 복도 끝자락에 교무실 문이 보였다. 교무실에 남아서 일을 하고 있던 교사들이 송지유를 알아보고 반갑게 환영해 주었다.

"여기 앉아서 기다리시면 곧 수업이 끝날 겁니다."

젊은 남자 교사가 소파에 앉아 있는 송지유에게 믹스 커피를 타주었다. 그리고 현우와 제작진에게도 커피를 돌렸다.

"감사합니다, 선생님."

현우는 종이컵을 입으로 가져가며 송지유를 살폈다. 기대감과 동시에 초조함도 엿보였다.

"긴장할 것 없다니까."

"혹시 싫어하지는 않을까요?"

"너를?"

"네."

"네 팬이라고 하던데? 맞죠?"

작가 몇 명이 그렇다고 고개를 끄덕였다. 송지유가 검정색 미니 백에서 손거울을 꺼냈다. 그리고 찬찬히 거울로 얼굴을 살펴보았다.

딩동딩동.

때마침 종이 울리며 수업이 끝났음을 알려왔다.

끼익.

수업을 마친 선생님들이 교무실에 하나둘 들어왔다. 뒤이어 마지막으로 교복 차림을 한 여고생 한 명도 조심조심 문을 열고 들어섰다.

송지유가 소파에서 일어났고, 송지유를 발견한 여고생이 놀란 얼굴을 했다.

"안녕? 네가 선혜지? 백선혜."

"네, 네. 제, 제가 백선혜 맞아요. 지유… 언니죠?"

"응. 송지유."

백선혜라는 아이가 양손으로 얼굴을 가리며 눈물을 글썽였다. 송지유가 직접 다가가 백선혜를 품에 안아주었다.

"어, 언니가 진짜 저를 보러 오실 줄은 몰랐어요."

"미안. 말도 없이 학교로 찾아와서 곤란하지는 않니?"

"아니에요. 더 좋아요. 누가 학교에 찾아온 건 처음이니까요."

백선혜가 눈물을 훔치며 활짝 웃었다. 그 진심이 느껴져 현우는 마음이 짠했다. 제작진은 행복해하는 백선혜를 보며 뿌듯한 얼굴을 하고 있었다.

이윽고 담임선생이 송지유에게 백선혜의 생활기록부를 보여주었다. 백선혜는 열여덟 살로 고등학교 2학년이있다. 반에서는 반장을 맡고 있고 반에서 10등 안에 들어갈 정도로 성적도 좋았다. 교우 관계도 좋다며 담임선생이 백선혜를 칭찬했다.

그러다 송지유의 시선이 장래 희망이 적혀 있는 칸에서 멈추었다. 송지유가 보기 드물게 미소를 지었다.

장래 희망 칸에 '송지유 전속 스타일리스트'라고 쓰여 있었다. 백선혜는 부끄러운지 고개도 제대로 들지 못하고 있었다.

"정말 내 스타일리스트 하고 싶어?"

"네. 은정이 언니처럼 언니 옆에서 이것저것 입혀보고 꾸며 주고 싶어요."

"너 은정이도 알아?"

송지유뿐만 아니라 현우도 놀랐다. 현우야 대중에게 익히 알려져 있지만 김은정은 '무모한 형제들'이나 '프로듀스 아이돌 121'에서 스치듯 나온 것이 전부였다.

'정말로 지유 팬이구나. 고맙네.'

담임은 계속해서 백선혜에 대한 칭찬을 아끼지 않았다. 그리고 송지유는 묵묵히 고개를 끄덕이기만 했다.

"선혜야, 지유 언니한테 보여 드려야지."

담임선생이 백선혜에게 말했다. 얼굴을 붉히던 백선혜가 가방에서 두툼한 파일 하나를 꺼내 들었다. 그리고 두 손을 앞으로 하며 송지유에게 파일을 내밀었다.

송지유가 파일을 열어보았다. 현우도 제작진과 함께 파일을 들여다보았다. 송지유의 눈동자로 호기심과 감탄이 동시에 어렸다.

현우도 마찬가지였다. 파일 속에는 송지유의 사진이 빼곡했다. 송지유 사진사라고 불리는 팬들이 찍은 고화질의 사진들이었다. 그런데 단순한 사진들이 아니었다. 합성을 해놓은 것이었다.

송지유의 얼굴이 클로즈업된 사진 하나로 다양한 헤어스타일이 합성되어 있었다. 그중 맨 마지막 사진이 별표로 체크되어 있었다.

송지유가 파일에서 그 사진을 꺼내 들었다. 양쪽 옆머리만 잘라 얼굴을 살짝 가리는 헤어스타일이었는데 송지유와 상당히 잘 어울렸다.

"언니도 마음에 드세요?"

"응."

송지유의 대답에 백선혜의 얼굴이 환해졌다.

"언니가 워낙 예뻐서 어떤 헤어스타일이든 다 어울리지만 저는 히메 컷이 제일 잘 어울릴 것 같아요. 진짜로 공주님 같으니까요."

그렇게 말하고 백선혜가 또 얼굴을 붉혔다. 교무실에 있는 모든 사람들이 살짝 웃음을 터뜨렸다.

'엄청난 골수팬이구나. 박 팀장님만큼이나.'

내심 현우는 인기 있는 예능 프로그램 대신 다큐 프로그램인 KBN의 '희망'을 선택하길 잘했다는 생각이 들었다. 선혜라는 아이가 정말이지 너무나도 행복해하고 있었다. 그 모습을 보는 것만으로도 기분이 좋아질 정도였다.

"좋아, 선혜가 추천해 주는 스타일이니까 기회가 되면 한번 도전해 볼게."

"저, 정말요?"

"응. 코디도 잘해놨어."

헤어스타일뿐만 아니라 갖가지 옷이 송지유의 전신이 나온 사진에 합성되어 있었다. 김은정만큼이나 감각이 살아있었다.

"언니한테 선물로 드리고 싶어요."

"정말 그래도 되겠어? 이거 만드느라 고생 많이 했을 텐데."

"처음부터 언니한테 드리고 싶었어요. 받아주세요."

"고맙게 받을게, 선혜야."

송지유가 미소를 지으며 현우에게 파일을 건넸다. 그리고 물었다.

"선혜는 패션디자인학과 진학이 꿈이겠네?"

"네. 언니가 다니는 홍인대학교를 다니고 싶어요."

"그럼 선후배가 될 텐데?"

"네. 사실 그래서 더 좋아요."

"선혜 성적이면 홍인대학교에 충분히 진학할 수 있어요. 도와주세요, 지유 씨."

담임선생이 조용하지만 간절함을 담아 말했다. 백선혜가

눈을 동그랗게 뜨고 푹 고개를 숙였다. 지켜보고 있던 교감선생과 창신여고 측 관계자들도 크게 당황해했다. 사전에 없던 이야기를 백선혜의 담임선생이 꺼내고 있었다.

제작진이 급히 촬영을 중단하려 했다. 그런데 송지유가 한 발 더 빨랐다.

"선혜야, 열심히 공부할 수 있지?"

"네? 하, 하지만……."

송지유가 백선혜의 손을 잡아주었다. 그리고 백선혜와 눈동자를 마주했다.

"다는 아니겠지만 언니도 고등학교 다닐 때 힘들었어. 그런데 정말 열심히 했어. 공부도 열심히 하고, 할머니 가게에서 국밥 장사도 열심히 하고, 노래 연습도 열심히 하고. 그래서 선혜도 잘할 수 있을 거라고 믿고 싶어. 할 수 있니?"

백선혜가 고개를 숙이고 잠시 말이 없었다.

"학교 오기 전에 선혜에 대해서 조금 알아봤어. 작가 언니들이 그러는데 학교도 열심히 다니고, 아르바이트도 열심히 하고, 아픈 동생도 잘 돌본다며? 선혜가 어렵고 힘든 건 창피해하지 않는 아이라는 걸 잘 알아. 지금도 씩씩하고 밝잖아? 언니한테 미안해할 필요 없어. 선혜야, 내가 널 도와줘도 될까?"

현우는 팔짱을 끼고 송지유와 백선혜를 지켜보고 있었다.

송지유가 따듯한 눈길로 백선혜와 눈동자를 맞추고 있었다. 진심이 통한 걸까. 백선혜도 조금씩 얼굴이 밝아졌다. 그리고 수줍게 고개를 끄덕였다.

"공부 열심히 해서 꼭 내 후배가 되길 바랄게. 그리고 우리 어울림에 취직하는 거야. 오빠, 어떻게 생각해요?"

송지유가 현우를 쳐다보며 물었다. 카메라가 순식간에 현우를 담았다. 현우가 픽 웃었다.

"좋지. 재능이 있어 보여. 약속할게. 하지만 정말 열심히 해야 할 거야."

현우까지 이렇게 말하자 백선혜의 얼굴로 희망이 어렸다. '희망' 제작진이 서둘러 그 모습을 카메라에 담았다.

"선혜가 고등학교를 졸업할 때까지 제가 후원하겠어요."

"지유 씨, 고마워요!"

담임선생이 눈물을 글썽였다. 송지유가 백선혜를 쳐다보았다. 그리고 조금은 단호한 표정을 했다.

"꼭 열심히 해. 성적 떨어지면 진짜 혼낼 거야. 대신 나도 약속할게. 내 후배가 되면 등록금도 내줄게."

"언니?!"

백선혜가 결국 울음을 터뜨렸다. 눈물이 전염이라도 되는지 담임선생과 다른 선생님들, 그리고 작가들까지 모두 눈물을 훔쳤다.

잠시 촬영이 중단되었다.

송지유는 백선혜와 마주 앉아서 도란도란 이야기를 주고받고 있었다.

"대표님, 괜찮겠습니까?"

메인 피디 문성곤이 현우에게 다가와 조심스레 물었다.

본래 '희망'의 후원은 지자체나 시민 단체의 도움, 그리고 시청자 모금을 근간으로 했다. 간혹 가다 사비를 털어 크고 작은 선물을 하는 출연자도 있었지만, 송지유처럼 고등학교를 다닐 동안의 후원금과 대학 등록금까지 내주겠다는 출연자는 처음이었다.

"함부로 결정 내리는 아이가 아닙니다. 믿으셔도 됩니다."

"기분 나쁘게 들으시지는 않았죠? 후우. 저희야 정말로 감사하지만 방송이 나가면 후원이 밀려들어 오고 몇 달만 지나면 관심이 뚝 끊기거든요. 사실 선혜도 그렇고 대부분의 다른 아이들도 궁지에 몰렸을 때 저희 프로그램을 찾습니다. 버티다 버티다 한계가 오면 TV에 나와 얼굴이 알려지는 것까지 감수하면서 도움을 요청하는 겁니다."

"그렇겠죠."

"저희도 고민이 많습니다. 어려운 청소년들에게 도움을 준다는 취지이긴 하지만, 어쨌든 이건 명백한 TV 프로그램이니까요. 최대한 극적으로 연출해야 할 때도 있고, 사실 지유 씨가 출연을 결정했다고 들었을 때는 그날 회식을 했습니다. 선혜라는 아이에게 큰 도움을 줄 수 있겠다는 마음도 들었지만 한편으론 시청률을 기대하기도 했습니다. 부끄러운 일이죠."

문성곤 피디가 꺼끌꺼끌한 턱수염을 어루만지며 말했다. 그의 시선이 백선혜에게 고정되었다.

"좋은 쪽으로 생각하는 게 편하실 겁니다. 그래도 '희망'이라는 프로그램을 통해 많은 아이들이 도움을 받고 있는 건 사실 아닙니까, 피디님?"

"그렇긴 하죠."

"걱정하시는 일은 절대 없을 겁니다. 방금 전에도 말씀드렸지만 입이 무겁고 신중한 아이예요. 지유가 약속은 꼭 지킬 겁니다."

"그럼 지유 씨랑 대표님만 믿겠습니다."

그제야 문성곤 피디가 마음을 놓았다.

두 시간 정도 촬영을 중단하기로 했다. 백선혜와 개인적인 시간을 보내고 싶다고 송지유가 제작진에게 부탁했기 때문이다.

현우는 송지유와 백선혜를 태우고 동생이 다니고 있다는 초등학교로 향했다. 이미 하교 시간이 지나 있어 초등학교 앞은 한산했다.

교문 쪽에 자그마한 체구의 남자 아이가 실내화 가방을 들고 덩그러니 혼자 서 있었다.

"선혜야, 동생 맞지?"

"네. 선호예요."

백선혜가 얼른 밴에서 내려 동생을 데리고 다시 밴에 탔다. 현우는 몸을 돌려 동생 백선호를 살펴보았다.

초등학교 3학년이라고 들었는데 또래 아이들보다 현격하게 체구가 작았다. 그리고 커다란 안경을 쓰고 있었다. 태어날 때부터 시력이 나쁜 아이였다. 돋보기 같은 안경을 써도 피사체와 1미터만 떨어지면 잘 보이지 않는다고 방금 전 백선혜로부터 들었다. 병원에서조차도 정확한 병명을 내리지 못하고 있는 실정이었다.

"선호야, 인사해. 여기 누나, TV에서 봐서 알지? 누나가 좋아하는 지유 언니야."

"어? 지유 누나다! 그럼 아저씨는 김현우 대표님이죠?"

"아저씨?"

현우가 픽 웃었다. 백선혜와 마찬가지로 동생도 구김이 없어 보였다.

현우는 송지유가 직접 예야한 레스토랑 쪽으로 밴을 몰았다. 백선혜와 백선호는 송지유에게 이것저것 질문을 많이 했다. 심지어 백선호는 왜 그렇게 예쁘냐는 질문까지 했다. 아이다운 질문이다.

레스토랑에 도착해 예약을 해놓은 VIP룸으로 향했다. 고급

레스토랑은 현우나 송지유도 처음이다. 남매는 연신 주변을 둘러보며 감탄사를 연발했다.

아이들이 좋아할 법한 메뉴들로 차례차례 요리가 나왔다. 현우는 고급 요리를 입으로 가져가며 백선혜를 지켜보았다. 한창 먹을 걸 좋아하는 나이임에도 백선혜는 동생이 먼저였다. 이것저것 요리를 먹기 좋게 잘라주며 정성스레 동생을 돌보고 있었다.

송지유도 그런 백선혜를 가만히 지켜보고 있었다.

백선혜와 백선호의 집은 종로구 창신동 달동네에 위치해 있었다. 커다란 밴이 좁은 골목길을 올라갈 수가 없었기에 근처에 주차를 했다.

다시 촬영이 재개되었다. 송지유가 백선혜, 백선호와 함께 가파른 언덕길을 올랐다.

"언니, 괜찮으세요?"

백선혜가 자꾸만 송지유를 걱정했다.

"괜찮아. 예전에 할머니랑 동생이랑 비슷한 동네에서 살았어."

송지유가 남매에게 손 하나씩을 내밀었다. 백선호가 좋아하며 송지유의 손을 덥석 잡았다. 백선혜도 송지유의 손을 잡았다.

20분 정도 언덕길을 올라 좁은 골목 사이에 있는 계단을 지나자 작은 판잣집 하나가 눈에 들어왔다. 무거운 장비를 들고 따라오고 있던 제작진이 땀을 훔치며 호흡을 골랐다.

현우와 송지유는 가만히 서서 남매가 살고 있는 집을 살펴보았다. 현우와 송지유의 표정이 점점 어두워졌다.

한눈에 봐도 너무 오래되고 낡았다. 파란 판자로 얼기설기 엮어놓은 지붕은 비바람이 불면 금방이라도 날아갈 것만 같았다.

"들어오세요, 언니."

백선혜가 열쇠로 집 문을 열었다. 혹여나 상처를 받을까 송지유는 얼른 밝은 표정을 했다. 그리고 백선혜를 따라 집 안으로 들어갔다.

집 안은 밖보다 더 엉망이었다. 벽지가 뜯어져 있고 습한 냄새가 났다. 오래된 냉장고에서는 윙윙 모터 돌아가는 소리가 났다. 부엌은 아예 있지도 않았다. 화장실에서 밥도 하고 설거지도 하는 것 같았다.

"……."

송지유가 입술을 깨물었다. 생각한 것보다 상황이 더 심각했다. 경험이 많은 제작진도 놀란 눈치였다.

'많이 힘들었겠네.'

현우도 속으로 한숨을 삼켰다. 그때 제작진 사이를 비집고 중년 남성이 나타났다. 술 냄새가 진하게 풍겨왔다.

"학생, 월세는 언제 줄 거야? 지금 얼마나 밀린 줄 알아? 15만원 내기가 그렇게 어렵나? 엉? 근데 당신들은 뭐야? 뭔데 남의 집에서 이 지랄이야?!"

제작진이 급히 카메라를 내렸다.

"주, 주인아저씨, 다음 달에는 꼭 낼게요. 죄송해요."

"죄송하단 말만 하면 다냐고."

집주인이 비틀거리며 백선혜에게로 다가가려 했다.

"저랑 말씀하시죠."

결국 현우가 집주인의 앞을 가로막았다. 집주인이 말끔하게 정장을 차려입은 현우를 슥 쳐다보았다.

"당신 누구야? 뭔데 참견이야? 혹시 선혜 이거야?"

집주인이 새끼손가락을 흔들어 보였다. 현우는 속으로 터져 나오는 한숨을 눌러 담았다.

"아닙니다. 많이 취하신 것 같은데 다음에 다시 오시는 게 좋을 것 같습니다."

"뭐야?"

"선생님, KBN 다큐 '희망'의 피디 문성곤입니다. 일단 저랑 이야기를……."

보다 못한 문성곤 피디가 집주인에게 명함을 보여주었다. 뒤늦게 상황을 파악한 집주인이 얼굴을 붉혔다.

"시발. 그럼 빨리 말을 했어야지! 나 찍었어? 찍었어?"

"아뇨. 찍지 않았습니다. 촬영은 동의가 있어야 가능합니다, 선생님."

"내가 그걸 어떻게 믿어? 카메라 내놔! 보여달라고!"

집주인이 억지를 부렸다. 제작진은 당황스러운 상황에도 카메라를 보여주었다. 그럼에도 집주인은 화를 삭이지 못하고 있었다.

"거지들 구경하러 온 거지? 엉?! 당장 꺼지지 못해! 가난한 거 처음 봐?!"

"선생님, 저희는 선혜 학생을 도우려고 온 겁니다."

문성곤 피디의 말에 집주인이 이죽거렸다.

"이거 TV에 다 나가는 거 아냐? 얼굴 팔려서 뭐가 좋다고. 이럴 거면 차라리 몸이나 팔지."

순간 현우의 표정이 확 굳었다.

"말 다 했습니까?"

"뭐? 내가 뭐라고 했는데? 젊은 새끼가 돈 좀 있다고 눈에 뵈는 게 없냐?!"

집주인이 현우의 멱살을 잡으려 했다. 문성곤 피디와 조연출이 황급히 집주인을 말렸다.

송지유가 차가운 얼굴을 하며 집주인에게로 걸어갔다. 그러고는 미니 백에서 돈을 꺼내 집주인에게 건넸다.

"월세 밀린 거 다 드릴 테니까 여기서 나가주시겠어요?"

"아가씨가 월세를 주겠다고?"

집주인이 송지유의 손에 들린 돈을 빠히 쳐다보았다. 그러다 황급히 돈을 낚아챘다. 침까지 퉤 뱉어가면서 집주인이 돈을 세기 시작했다. 그러더니 송지유에게 다시 손을 내밀었다.

"부족해. 월세가 10개월이나 밀렸다고. 이건 100만 원밖에 안 되잖아. 50만 원 더 줘, 아가씨."

잔뜩 화가 나 있던 집주인이 돈을 손에 쥐더니 조금은 누그러들었다. 송지유가 말없이 미니 백에서 5만 원짜리 지폐를 더 꺼내서 주었다.

"50만 원이에요. 월세 다 드렸으니까 이제 된 거죠?"

"그럼, 그렇고말고. 근데 아가씨는 뭐 하는 사람이야? 연예인인가?"

술이 깬 집주인이 그제야 미안한 얼굴을 했다. 송지유가 길게 한숨을 내쉬며 조용히 눈물을 흘리고 있는 백선혜의 손을 잡았다. 그리고 단호한 표정으로 말했다.

"방금 전에 선혜한테 한 말 사과하세요, 아저씨."

"사, 사과? 내가 뭐라고 했나?"

집주인이 얼굴을 붉혔다. 자기가 생각해 봐도 심한 말을 한 건 사실이었다.

"……."

송지유는 특유의 얼음장 같은 표정으로 집주인을 쏘아보고 있었다. 냉기가 느껴질 정도였다.

결국 집주인이 꼬리를 내렸다.

"내가 심했다. 미안하다, 선혜야."

집주인이 머리를 긁적이며 사과했다.

"그럼 이제 나가주시겠어요?"

"나가야지. 암, 나가야지."

송지유의 싸늘한 말에 집주인이 서둘러 판잣집을 나갔다.

"많이 놀랐지? 괜찮아?"

송지유는 곧장 백선혜와 백선호부터 살폈다. 울음은 그쳤지만 두 남매는 잔뜩 겁을 먹은 상태였다.

상황을 지켜보고 있던 현우가 문성곤 피디에게로 다가갔다.

"오늘 촬영은 여기까지 하는 게 좋지 않을까요, 피디님?"

"예. 아무래도 그래야 할 것 같습니다. 혹시 또 그 사람이 찾아올 수도 있으니까요. 그런데 스케줄은 괜찮으시겠습니까? 오늘 촬영을 접으면 하루 정도 더 스케줄을 빼셔야 할 겁니다."

문성곤 피디와 제작진이 근심 어린 표정을 했다. 연예인들의 스케줄이 얼마나 빡빡한지 제작진도 잘 알고 있었다. 하물며 송지유는 탑스타 중의 탑스타였다.

제작진의 걱정과 다르게 현우는 빙그레 웃었다.

"스케줄 걱정은 하지 않으셔도 됩니다. 다큐 희망에 최대한 집중할 생각입니다."

"배려해 주셔서 감사합니다. 그럼 오늘 촬영은 여기까지 하는 걸로 하겠습니다."

문성곤 피디가 현우에게 고마움을 표시했다.

그리고 촬영이 완전히 중단되었다.

"지유 씨, 괜찮아요?"

작가들이 뒤늦게 송지유에게 몰려들었다. 잔뜩 술에 취한 중년 남성에게도 물러서지 않던 송지유이다.

"아이들부터 살펴주세요, 작가 언니."

"그렇게 할게요."

작가들이 두 남매를 살피는 사이 송지유가 현우를 쳐다보았다.

"선혜랑 선호는 오늘 어디서 자는 거예요, 오빠?"

"기다려 봐. 물어보고 올 테니까."

현우가 메인 작가에게 다가가 물었다.

"작가님, 오늘 아이들은 어디에서 자는 겁니까?"

"그렇지 않아도 그게 문제예요. 서울시에 아이들 몫으로 임대주택을 신청하기는 했는데 확답이 없어요. 정확히 얼마나 시일이 걸릴지도 모르겠어요. 그래서 집주인분한테 양해를 구해서 집수리를 할 생각이었는데, 지금 상황을 봐서는 힘들 것 같네요. 당분간 아이들이 머물 곳이 필요해요."

현우와 메인 작가 사이로 송지유가 끼어들었다.

"작가 언니, 선혜랑 선호는 저희 집에서 재우는 걸로 해요. 제가 아이들을 데리고 있을게요."

"정말로 그래도 될까요? 하지만 임대주택이 언제 나올지도 모르는 일이고 아이들이 지낼 만한 집을 구하는 데도 시간이 꽤 걸릴 거예요. 지유 씨가 괜찮겠어요?"

메인 작가가 걱정이 가득한 얼굴로 물었다. 당장 내일도 촬영이 있었다. 남매들을 찍으려면 부득이하게 송지유의 집까지 공개해야 한다.

"지유 씨가 살고 있는 집도 방송에 나와야 해요."

"상관없어요."

"그럼 아이들도 좋아할 거고 시청자분들도 좋아할 거예요."

메인 작가가 반색했다. 제작진 입장에서야 찍을 만한 이야기가 더 생겨난 셈이다. 메인 작가가 문성곤 피디에게 허락을 받았고, 현우와 송지유에게 통보해 주었다.

"가서 아이들한테 말해주고 와. 엄청 좋아할걸."

"그럴 거예요."

송지유가 백선혜와 백선호의 손을 잡았다. 그리고 살짝 미소를 지으며 남매와 눈동자를 마주했다.

"오늘은 언니 집에서 잘래?"

"어? 저, 정말요? 그래도 될까요?"

침울해 있던 백선혜가 송지유의 말 한 마디에 밝은 얼굴을 했다. 동생 백선호도 마찬가지였다.

"응. 당분간 언니네 집에서 지내자. 맛있는 것도 많이 사줄게. 선호도 좋지?"

"네! 예쁜 누나랑 같이 살고 싶어요!"

백선호가 우렁찬 목소리로 대답했다. 그 모습에 현우는 피식 웃었다.

"작가 언니들이랑 짐 싸갖고 와. 기다리고 있을게."

"네! 알았어요, 언니!"

백선혜가 백선호의 손을 잡고 짐을 싸기 위해 방 안으로 들어갔다.

긴장이 풀렸는지 갑자기 송지유가 휘청거렸다. 현우가 서둘러 송지유의 손을 잡아주었다.

"괜찮아? 애들 짐 싸가지고 올 때까지 밴에서 쉴래?"

"싫어요. 아이들이랑 있을래요."

"지유야, 내가 해결하려고 했는데 갑자기 왜 나선 거야?"

"그냥 화가 나서 그랬어요. 그리고 어차피 오빠가 옆에 있었잖아요. 여차하면 지켜주겠지 하고 덤빈 거예요."

"하여간 못 말리겠다. 그래도 이성적으로 대처 잘했어, 송지유."

"그랬어요? 다행이네요."

송지유가 밖으로 나가 근처 돌담에 쭈그리고 앉았다. 그 모습을 보며 제작진이 조용히 이야기를 나누고 있다.

"갓 지유라고 부르는 이유가 있었구나."

"그러니까요, 누나. 소문대로 송지유가 다르긴 다르네요. 사람들이 여왕님이라고 해서 살짝 걱정했는데 인성 좋은데요?"

"얼굴도 예쁘고, 노래도 잘하고, 성격도 좋고. 다 갖추긴 했다. 그치?"

"네. 그리고 이번에 시청률 잘 나올 것 같아요. 송지유가 시청률 제조기잖아요."

"그럼 더 좋지. 저런 애들은 솔직히 잘 풀려야지. 저번에 핑크플라워 이혜미 기억 안 나? 싸가지가 바가지였잖아."

"하긴 그렇죠. 아직도 치가 떨리네요."

송지유를 보는 제작진의 시선이 달라져 있었다.

다큐 '희망'은 비교적 주목받지 못하는 교양 프로그램이기도 했고 시청률도 낮았다. 그래서 연예인들을 섭외하기도 어려웠고, 또 어렵게 섭외했다고 해도 연예인들과 기획사들이 바쁜 스케줄을 운운하며 보여주기 식으로 촬영하는 경우가 태반이었다.

그런데 어울림 엔터테인먼트와 송지유는 달랐다. 갑자기 술에 취한 집주인이 나타나 깽판을 쳤다. 하지만 물러서지 않고 두 남매를 보호했다. 그리고 촬영 스케줄까지 늘리며 제작진까지 배려해 주었다.

처음에는 탑스타라고 눈치를 보고 어려워했다면, 지금은 돌담에 쭈그려 앉아 있는 송지유에게 생수병과 사탕 등 이것저것 작은 선물이 쏟아졌다.

'기특한 녀석.'

소속사 대표로서 현우도 송지유가 자랑스러웠다. 그리고 뿌듯했다.

"언니! 대표님!"

벌써 짐을 다 꾸리고 두 남매가 판잣집 안에서 나왔다. 현우가 두 남매의 가방을 들어주었다. 뭐가 그리 신나는지 두 남매는 정말로 행복해 보였다.

"그렇게 좋아?"

"좋아요. 지유 언니 집에 가는 거잖아요."

"그렇긴 하지. 아마 지유 할머님이 맛있는 음식도 많이 해 주실 거야. 기대해도 좋아."

"대표님도 지유 언니 집에 가보신 적 있으세요?"

"당연히 있지."

"와아, 부럽다. 근데 질투 나요."

언덕길을 내려가다 말고 현우가 하하 웃었다. 골수팬다운 반응이었다.

"질투할 만한 일은 없었으니까 걱정하지 마. 할머님이 초대해 주셔서 몇 번 간 게 전부야."

"네. 그럼 다행이에요."

백선혜가 송지유의 손을 꼭 잡으며 말했다.

달동네를 내려와 근처에 주차해 둔 밴에 짐을 실었다. 제작진이 현우와 송지유, 그리고 두 남매를 배웅해 주었다.

"그럼 내일 아침 지유 씨 집에서 뵙겠습니다, 대표님."

"네, 기다리고 있겠습니다. 그럼 먼저 가보겠습니다."

하루 만에 서울시에서 연락이 왔다. 제작진이 촬영 첫날에 있었던 일을 설명하고 임대주택을 최대한 빨리 공급해 달라고 서울시에 연락했다.

그러자 서울 시장이 두 남매를 직접 한번 보고 싶다고 연락이 왔다.

초록색 밴 봉식이가 서울 시청으로 향하고 있다. 현우도 양복을 말끔하게 갖춰 입은 상태였고, 송지유도 단정한 자주색 투피스를 갖춰 입은 상태였다.

현우는 운전을 하며 룸미러로 살짝 두 남매를 살펴보았다. 어제 송지유와 함께 쇼핑을 했다고 들었는데 하루 사이에 두 남매의 옷차림이 확 달라져 있었다. 무엇보다 그늘이 없어 보였다.

초록색 밴이 서울 시청 안으로 들어섰다. 주차를 하고 곧장 로비로 들어섰다. 송지유의 등장에 분주하던 서울 시청 로비가 정적에 휩싸였다.

공무원들과 보좌관들도 얼어 있었다. 그리고 그 가운데로 반백의 중년 사내가 환하게 웃으며 먼저 다가왔다.

"서울 시장 백현섭입니다. 송지유 씨가 맞지요? 너희들이 선혜랑 선호구나? 아, 김현우 대표님이시고?"

"어울림 엔터테인먼트의 김현우입니다, 시장님."

"송지유입니다, 시장님."

"그래요. TV에서나 보던 송지유 씨군요. 하하!"

현우와 송지유는 백현섭 시장과 악수를 나누었다. 두 남매도 시장과 악수를 나누었다.

백현섭 시장의 집무실에서 본격적인 대화가 이루어졌다. 제작진은 카메라를 들고 유심히 상황을 지켜보고 있었다.

"제작진 여러분께 상황은 잘 들었습니다. 선혜 양이랑 선호군이 고생이 많았겠어요. 충분히 이해합니다. 마침 종로구 근처에 비어 있는 임대주택이 몇 채 있더군요. 열흘 내로 선혜양과 선호 군이 입주할 수 있도록 하겠습니다."

"감사합니다, 시장님."

송지유가 꾸벅 고개를 숙여 인사했다. 백현섭 시장이 고개를 저었다.

"아닙니다. 지유 양이 정기적으로 후원을 약속했다고 들었습니다. 고맙고 또 시장으로서 미안하기만 합니다. 미안합니다."

백현섭 시장이 양해를 구해왔다. 그리고 보좌관으로부터 서류 파일을 받아 들었다.

"우리 서울시도 지유 양에게 도움을 구하고 싶습니다. 김현우 대표님이 한번 검토해 주셨으면 합니다."

"네, 알겠습니다."

갑작스럽기는 했다. 현우는 숨을 고르며 서울시 로고가 박힌 파일을 천천히 열어보았다.

'청소년 홍보대사?'

구체적인 설명이 간략하게 적혀 있었다.

"지유 양이 지금은 청소년이 아니지만 어릴 적부터 성실하게 열심히 살아왔다고 들었습니다. TV에서도 여러 번 봤습니다. 그리고 국민 소녀라고 불린다지요? 그래서 청소년들에게 모범이 될 만한 연예인이라는 생각이 들었습니다."

백현섭 시장이 설명을 곁들었다.

"지유 양이 바쁠 테니 일 년에 네 번만 청소년 관련 공식 행사에 초대하겠습니다. 아, 그리고 괜찮다면 로고 송 제작도 부탁드리고 싶군요."

일 년에 네 번 정도 청소년 관련 공식 행사라면 괜찮은 제안이었다. 그런데 로고 송이 현우의 흥미를 끌었다.

"로고 송이라 하시면……?"

"말 그대로 서울시를 소개하는 로고 송이지요."

현우는 대답에 앞서 송지유를 쳐다보았다. 송지유가 고개를 끄덕이고 있었다. 알아서 결정을 하라는 뜻이다.

"그럼 그렇게 하겠습니다. 다만 정치적인 활동은 절대 불가합니다. 로고 송도 서울시를 소개하는 가사 외에 오해의 소지가 있는 가사는 최대한 양해를 구하고 싶습니다."

정치인 앞에서 위축될 법도 했지만 현우는 할 말은 하고 싶었다. 연예인에게 정치적 중립은 필수였다. 또 정치에 연예인을 동원하고 이용하려는 정치인도 좋아하지 않았다.

"하하, 젊은 대표님이라 화끈하군요. 알겠습니다."

"양해해 주셔서 감사합니다."

송지유가 보좌관이 내미는 서류에 사인을 했다.

'청소년 홍보대사에 서울시 로고 송 제작이라……. 나쁘지 않아.'

청소년 홍보대사를 하면서 청소년들에게 도움이 될 만한 영향력을 끼친다면 좋은 일이 확실했다. 그리고 서울시 로고 송에 송지유의 목소리가 들어간다는 게 마음에 들었다. 탑스타를 넘어 국민 스타로서의 위치를 공고히 할 수 있는 기회였다. 영어 버전도 있었다. 외국인 관광객에게도 송지유를 알릴 수 있는 좋은 기회이기도 했다.

반드시 열흘 내로 임대주택을 공급해 주겠다는 약속까지 재차 받아내었다. 현우와 송지유는 남매의 손을 하나씩 잡고 후련한 얼굴로 서울 시청을 나왔다.

제작진의 얼굴도 상기되어 있었다. 두 남매의 거처도 해결되었고 방송에 내보낼 이야기도 더 풍성해졌다.

"언니, 감사해요. 어떻게 은혜를 갚아야 할지 모르겠어요."

백선혜가 울먹였다. 송지유 덕분에 임대주택까지 공급받게 되었다. 거기다 정기적으로 후원금과 대학교 장학금까지 약속해 주었다.

송지유가 백선혜의 머리를 쓰다듬어 주었다.

"열심히 살아주면 그게 나를 도와주는 거야. 알았지?"

"네. 근데 일주일 지나면 언니랑 헤어지게 되네요."

이제 곧 헤어진다는 생각에 백선혜의 표정이 어두워졌다.

"가끔 시간 나면 언니가 들를게."

"약속해 주세요."

"응, 약속할게."

송지유는 백선혜를 포근하게 안아주었다.

*   *   *

KBN1 TV 교양 프로그램 다큐 '희망'의 스튜디오는 그 어느 때보다도 분주했다. 평소 한산하던 것과는 분위기가 전혀 달랐다. 다른 교양 프로그램의 작가들까지 다큐 '희망'의 스튜디오 근처를 서성였다.

"누가 오나요?"

복도를 지나던 남자 아나운서 한 명이 스튜디오를 서성이고 있는 작가들에게 물었다.

"희망 스튜디오 생방으로 송지유가 잡혔어요. 모르셨어요?"

"송지유요?!"

소문은 퍼지고 퍼져 스튜디오가 있는 복도로 자꾸만 구경꾼들이 늘어났다. 그리고 생방송 시간이 다가옴과 동시에 복도 여기저기에서 비명과 환호성이 터져 나왔다.

홍해를 가르듯 인파 사이로 송지유가 나타났다. 개나리 색깔 원피스에 개나리 색깔 하이힐, 그리고 새로운 헤어스타일까지. 양쪽 옆머리를 반쯤 잘라 얼굴을 살짝 가린 히메 컷이었다. 백선혜의 추천대로 송지유가 헤어스타일을 바꾼 것이다.

모여 있던 사람들이 멍하니 송지유를 구경하다 길을 터주었다.

"교양국에 경사 났네, 경사 났어."

남자 아나운서가 홀로 중얼거렸다. 시사 교양국에서 일을 하다 보면 연예인을 보기가 쉽지 않았다. 그것도 송지유 정도의 탑스타는 일 년에 겨우 한 번 볼까 말까 했다.

그리고 생방송이 시작되었다. 게스트로 송지유가 모습을 드러내자 객석에서 환호성이 터져 나왔다. MC를 맡고 있는 여자 아나운서도 반갑게 송지유를 맞아주었다.

서로 인사를 주고받고 스튜디오 내 커다란 화면으로 VCR이 흘러나왔다. 그리고 다큐 '희망' 제작진이 그간 송지유를 따라다니며 현장에서 찍은 영상이 전국에 생방송으로 나가기 시작했다.

조정실에서는 문성곤 피디와 제작진이 초조하게 상황을 체크하고 있었다.

현우도 최영진과 함께 대기실에서 TV 화면을 지켜보고 있었다.

창신여고로 찾아가 백선혜를 처음 만난 장면부터 시작해 판잣집에서 송지유가 두 남매를 데리고 본인의 집으로 가는 장면, 그리고 임대주택을 배정받기 전 송지유와 두 남매가 행복한 시간을 보내는 장면이 나왔다. 서울 시청을 찾아 시장과 담판을 짓는 송지유의 모습도 나왔고, 마지막에는 임대주택으로 이사하는 장면까지 나왔다.

"인니, 감사해요. 너무 삼사해요."

마지막 헤어지는 장면에서 백선혜가 주르륵 눈물을 흘리고 있다.

"언니가 안아줄게."

송지유가 백선혜를 끌어안았다. 그리고 눈물을 흘렸다. 투명한 눈물방울이 송지유의 보석 같은 눈동자에서 뚝뚝 떨어졌다. 표정의 변화는 없었다. 하지만 그 자체만으로 마음이 아플 정도였다.

그 장면에 온라인과 오프라인이 동시에 폭발했다. 포털 사이트마다 기사들이 앞다투어 올라왔다. 주요 커뮤니티에서도 게시 글들이 폭주하고 있었다.

421412 송지유가 우는데? 이거 실화?
─잘 웃을 줄 모르는 거 아니었음? 근데 울어? 꿈이지, 이거?
─진짜다. ㄷㄷ
─우는 거 맞는데요? 방금 TV 틀었는데.
─다들 모 함? 후원하러 안 감?
─이거 후원 안 하면 ㄹㅇ 감정 메마른 거.
─고고! 후원 고고!

송지유의 팬카페도 난리가 났다.

68019 다큐 '희망' 후원 인증합니다. [얼굴천재지유]
선혜 양의 사연이 너무 안타깝습니다. 그리고 선혜 양을 진심으로 돕겠다는 여왕님의 모습에 감동받았습니다. 그래서 저도 지유 님과 선혜 양을 돕기로 했습니다. 적은 금액이지만 꼭 도움이 되었으면 좋겠습니다.

얼굴천재지유 박 팀장이 먼저 후원 인증 글을 올렸다. 다른 팬카페 회원들도 후원 인증 글을 올리기 시작했다. 그리고 팬카페에서부터 시작된 인증 글이 점점 다른 커뮤니티로 퍼지기 시작했다.

생방송 시작과 함께 올라가던 후원금이 점차 빠르게 올라가기 시작했다. 후원 전화도 끝없이 밀려들어 왔다.

조정실에서 상황을 지켜보고 있던 문성곤 피디와 제작진은 처음에는 기뻐서 날뛰다가 조금씩 지금의 상황이 무서워지기 시작했다.

"이게 송지유구나."

"피디님, 이거 고장 난 거 아니죠?"

아직 송지유가 노래를 부르지도 않았는데 평소보다 열 배에 가까운 금액이 모금되어 있었다.

VCR이 끝나고 송지유가 무대 한가운데로 걸어나왔다. 그리고 클래식 기타를 들고 무대 한가운데에 놓여 있는 의자에 앉았다.

카메라가 송지유를 클로즈업했다. 한껏 감정에 몰입한 송지유가 기타 줄을 튕기며 곡의 시작을 알렸다. 그리고 타이틀곡 '낙엽편지'를 부르기 시작했다.

　VCR을 보며 감정에 젖어 있던 시청자들이 송지유의 노래에 빠져들기 시작했다. 그리고 빠르게 올라가던 모금액이 이제는 아예 눈에 잘 보이지도 않을 정도로 미친 듯이 올라가고 있었다.

『내 손끝의 탑스타』 6권에 계속…

초대형 24시 만화방

신간 100%, 샤워실, 흡연실, 수면실(침대석), 커플석, 세탁기 완비

▪ 광명 광명사거리역점 ▪

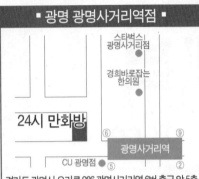

경기도 광명시 오리로 986 광명사거리역 6번 출구 앞 5층
02) 2625-9940 (솔목타워 5층)

▪ 강북 노원역점 ▪

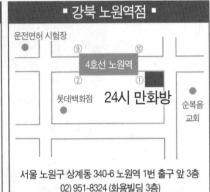

서울 노원구 상계동 340-6 노원역 1번 출구 앞 3층
02) 951-8324 (화용빌딩 3층)

▪ 일산 정발산역점 ▪

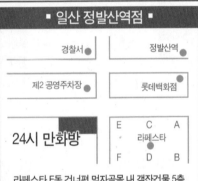
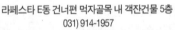

라페스타 E동 건너편 먹자골목 내 객잔건물 5층
031) 914-1957

▪ 일산 화정역점 ▪

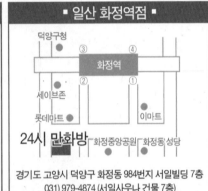

경기도 고양시 덕양구 화정동 984번지 서일빌딩 7층
031) 979-4874 (서일사우나 건물 7층)

▪ 부천 역곡역점 ▪

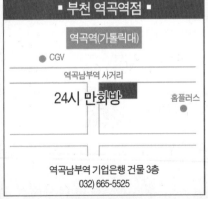

역곡남부역 기업은행 건물 3층
032) 665-5525

▪ 부평역점 ▪

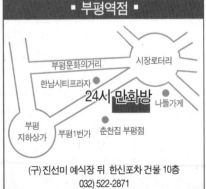

(구) 진선미 예식장 뒤 한신포차 건물 10층
032) 522-2871

FUSION FANTASTIC STORY

박선우 장편소설

스크린의 별

비호감을 불러일으킬 정도로 못생긴 외모를 가진 강우진.

우연히 유전자 성형 임상 실험자 모집 전단지를
발견한 그는 마지막 희망을 걸고
DNA를 조작하는 주사를 맞게 되는데…….

과거의 못생겼던 강우진은 잊어라!

**세상에서 가장 아름다운 사나이.
그가 만들어가는 영화 같은 세상이 펼쳐진다!**

Book Publishing CHUNGEORAM

유행이 아닌 자유추구 -
WWW.chungeoram.com

크레도 장편소설
FUSION FANTASTIC STORY

톱스타 이건우

열정만으로 성공하는 것은 아니다!

어중간한 실력으로 허송세월하던 이건우.

그의 앞에 닥친 갑작스러운 사고와 함께 떠오르는 기억.

'나는 죽었는데 살아 있어. 그건 전생? 도대체……'

전생부터 현생까지 이어지는 인연들.
그리고 옥선체화신공(玉仙體化神功)……

망나니처럼 살아온 이건우는 잊어라!
외모! 연기! 노래!
삼박자를 모두 갖춘 최고의 스타가 탄생한다!